Instrucciones a los Sirvientes

Por

Jonathan Swift

INSTRUCCIONES A TODOS LOS SIRVIENTES EN GENERAL

Cuando tu amo o tu señora llamen a un sirviente por su nombre, si ese sirviente no se halla presente, ninguno de vosotros ha de responder, pues entonces vuestras cargas no tendrán fin, y los propios amos reconocen que es suficiente con que cada sirviente acuda cuando es llamado.

Cuando hayas cometido una falta, muéstrate siempre insolente y descarado, y compórtate como si fueras la persona agraviada; eso minará de inmediato la moral de tu amo o señora.

Si ves que otro sirviente causa un mal a tu amo, no dejes de ocultarlo, no vaya a ser que te acusen de chivato. No obstante, existe una excepción en el caso de un sirviente favorito, que es merecidamente odiado por toda la familia, a la que la prudencia obliga, por tanto, a atribuir todas las faltas que pueda al favorito.

La cocinera, el mayordomo, el mozo de cuadra, el criado que va al mercado y todos los demás sirvientes que participan en los gastos de la familia deben actuar como si todo el patrimonio de su amo tuviera que dedicarse al ámbito particular de ese sirviente. Por ejemplo, si la cocinera calcula que el patrimonio de su amo asciende a mil libras al año, llega a la razonable conclusión de que con mil libras al año se puede comprar carne suficiente y que, por tanto, no tiene por qué ahorrar; el mayordomo realiza la misma estimación, y también el mozo de cuadra y el cochero, y así lo gastaréis todo mientras honráis a vuestro amo.

Cuando te reprenden delante de otras personas (cosa que, con el debido respeto a nuestros amos y señoras, es una práctica poco cortés), suele suceder que un desconocido tiene la bondad de decir una palabra en tu descargo; en ese caso, tienes todo el derecho a justificarte, y puedes llegar a la legítima conclusión de que, cuando te reprendan después o en otras ocasiones, pueden equivocarse, opinión que se verá mejor confirmada si presentas el caso a tu manera a los otros sirvientes, que, sin duda, se pronunciarán en tu favor. Por tanto, como he dicho antes, cuando te reprendan, quéjate como si hubieras sufrido un agravio.

No es infrecuente que los sirvientes que salen a hacer recados pasen fuera un tiempo algo superior de lo que el recado exige, quizá dos, cuatro, seis u ocho horas, o una menudencia semejante, pues no cabe duda de que la tentación era grande, y la carne no siempre puede resistir. Cuando vuelves, el amo monta en cólera, la señora riñe, y a continuación vienen el desahucio, los porrazos y el despido. Pero aquí debes contar con una serie de excusas, suficientes para servir en cualquier ocasión: por ejemplo, tu tío ha llegado esa mañana a la ciudad después de recorrer ochenta millas con el propósito de verte, y vuelve a marcharse al alba del día siguiente; otro sirviente, a quien habías prestado dinero cuando no servía en una casa, iba a huir a Irlanda; te estabas despidiendo de otro compañero, que tomaba el barco para las Barbados; tu padre te había mandado una vaca vieja para que la vendieras, y no pudiste encontrar un mercader basta las nueve de la noche; te estabas despidiendo de un querido primo al que iban a ahorcar al sábado siguiente; te has torcido un pie al tropezarte con una piedra, y te has visto obligado a quedarte tres horas en una tienda antes de poder dar un paso; te han tirado inmundicias por la ventana de una buhardilla, y te avergonzaba ir a casa antes de lavarte y de que el olor se disipara; te iban a alistar en la Marina, y te han llevado ante un juez de paz, que te ha retenido tres horas antes de examinarte, y te has zafado con grandes dificultades; un alguacil, por error, te ha tomado por un deudor y te ha detenido, y te ha encerrado toda la tarde en una cárcel para morosos; te habían informado de que tu amo había ido a una taberna, y que le había ocurrido un percance, y tu congoja era tan grande que has buscado a Su Señoría en cien tabernas entre Pall Mall y Temple Bar.

Toma partido por todos los comerciantes, y no por tu amo, y, cuando te manden a comprar algo, no propongas nunca bajar el precio; paga generosamente todo lo que te pidan. Esto es fundamentalmente para honrar a tu amo, y quizá para tener algunos chelines en tu bolsillo; y, si piensas que tu amo ha pagado demasiado, él puede permitirse la pérdida más que un pobre comerciante.

Ni se te ocurra mover un dedo para cualquier labor que no sea aquélla para la que has sido específicamente contratado. Por ejemplo, si el mozo de cuadra se encuentra borracho o ausente, y al mayordomo le ordenan que cierre la puerta del establo, la respuesta es fácil: «Le ruego me excuse, Excelencia, yo no entiendo de caballos»; si a una esquina del tapiz le hace falta un clavo para sujetarla, y al lacayo le piden que lo clave, puede decir que él no entiende de esas tareas, pero que Su Excelencia puede llamar al tapicero.

Los amos y las señoras suelen regañar a los sirvientes por no cerrar las puertas tras ellos, pero ni los amos ni las señoras tienen en cuenta que esas puertas hay que abrirlas antes de poder cerrarlas, y que abrir y cerrar puertas es doble trabajo; por tanto, lo mejor, lo más corto y lo más fácil es no hacer ni una cosa ni la otra. Pero, si insisten tanto en que cierres la puerta que no puedes olvidarlo con facilidad, da un portazo tan grande al salir que tiemble toda la estancia y que todo vibre en su interior, para que tu amo y tu señora adviertan que sigues sus instrucciones.

Si ves que te ganas los favores de tu amo o señora, aprovecha alguna ocasión, de forma muy suave, para decir que te marchas; y, cuando te pregunten el motivo, y parezcan reticentes a que los dejes, responde que prefieres vivir con ellos antes que con cualquier otro, pero que un pobre sirviente no tiene la culpa si se esfuerza por mejorar, que el servicio no es una herencia, que tu trabajo es cuantioso y tu salario escaso; ante lo cual, si tu amo tiene algo de generosidad, sumará cinco o diez chelines por cada cuarto de libra antes que dejarte marchar. Pero, si no te hacen caso, y no tienes intenciones de irte, haz que otro de los sirvientes diga a tu amo que él te ha convencido para que te quedes.

Los buenos bocados que puedas hurtar durante el día, guárdalos para darte un festín con los demás sirvientes por la noche, e incluye al mayordomo, siempre y cuando te proporcione la bebida.

Escribe tu nombre y el de tu amada con el humo de una vela en el techo de la cocina, o en la sala de los sirvientes, para mostrar tus conocimientos.

Si eres un hombre joven y apuesto, cuando le susurres a tu señora en la mesa, pásale la nariz por toda la mejilla, o, si tu aliento es bueno, sóplale en toda la cara; sé que esto ha tenido excelentes consecuencias en algunas familias.

No acudas hasta que te hayan llamado tres o cuatro veces, pues sólo los perros acuden al primer silbido; y, cuando el amo exclame: «¿Quién anda ahí?», ningún sirviente está obligado a ir, porque nadie se llama «Quién anda ahí».

Cuando hayas roto todas las vasijas de barro del piso de abajo (cosa que se suele hacer en una semana), la olla de cobre puede cumplir la misma función: en ella se puede hervir la leche, calentar las gachas, servir la cerveza floja, o, en caso de necesidad, hacer las veces de orinal. Por tanto, empléalo indistintamente para todos esos usos, pero no lo laves ni lo friegues nunca, no vayas a quitar el estaño.

Aunque los cuchillos están permitidos en la sala de los sirvientes durante las comidas, debes guardarlos, y utilizar sólo los de tu amo.

Debes convertir en una regla invariable que ninguna silla, taburete o mesa de la sala de los sirvientes o de la cocina tenga más de tres patas, que ha sido la práctica antigua y continua en todas las familias que he conocido, y se afirma que está basada en dos buenas razones: primero, mostrar que los sirvientes se hallan en un perpetuo estado tambaleante; segundo, se consideraba un signo de humildad que las sillas y las mesas de los sirvientes tuvieran como mínimo una pata menos que las de sus amos. Reconozco que existe una excepción a esta regla en lo que respecta al cocinero, a quien, en virtud de una vieja costumbre, se permitía dormir en una butaca después de la cena, pero casi nunca las he visto con más de tres patas. Pues bien, los filósofos achacan esta endémica cojera de los sirvientes a dos causas, consideradas como las artífices de las mayores revoluciones en estados e imperios: me refiero al amor y a la guerra. Un taburete, una silla o una mesa son las primeras armas cogidas en una algarada o una escaramuza general; y, después de la paz, las sillas, si no son muy sólidas, pueden sufrir en el transcurso de un lance amoroso, pues la cocinera suele estar gorda y pesar mucho, y el mayordomo levemente beodo.

Nunca he soportado ver sirvientas de tan poca elegancia que van por la calle con las enaguas prendidas con alfileres. Es una necia excusa aducir que las enaguas se van a ensuciar, cuando cuentan con un remedio tan fácil como bajar tres o cuatro veces unas escaleras limpias después de llegar a casa.

Cuando te paras a charlar con un criado amigo tuyo de la misma calle, deja abierta tu puerta de entrada, para que puedas acceder sin llamar al volver; de lo contrario, tu señora puede saber que has salido, y recibirás una reprimenda.

Os insto de la forma más ferviente a la unanimidad y a la concordia. Pero no me entendáis mal, podéis pelear entre vosotros tanto como gustéis; recordad solamente que os enfrentáis a unos enemigos comunes, que son vuestro amo y señora, y que tenéis una causa común que defender. Haced caso a un experto: quien, por maldad hacia a otro sirviente, va con el cuento a su amo, será destruido por una confederación general en su contra.

El principal lugar de encuentro para todos los sirvientes, tanto en invierno como en verano, es la cocina; en ella deben consultarse las grandes cuestiones de la familia, ya incumban al establo, a la lechería, a la despensa, a la lavandería, a la bodega, al cuarto de los niños, al comedor o al aposento de la señora; en ella, en vuestro elemento, podéis reír y chillar y armar jaleo con toda tranquilidad.

Cuando un sirviente llega a casa ebrio, y no puede acudir a la llamada, debéis decir de consuno a vuestro amo que estaba muy enfermo y se ha acostado, debido a lo cual vuestra señora será tan bondadosa que mandará traer algo que reconforte al pobre hombre o a la pobre doncella.

Cuando tu amo y señora salgan juntos a cenar, o a hacer una visita por la noche, sólo es necesario que quede un sirviente en la casa, a no ser que dispongas de un golfillo callejero para que abra la puerta y se ocupe de los niños, en caso de que los haya. Quién debe quedarse se decidirá echándolo a la paja más corta, y el que se quede en casa puede consolarse con la visita de una enamorada sin peligro de que los sorprendan juntos. Estas oportunidades no deben pasarse por alto, pues se presentan en contadas ocasiones, y no existe riesgo cuando sólo hay un sirviente en la casa.

Cuando tu amo o tu señora llegan a casa y requieren a un sirviente que en ese momento se encuentra fuera, debes aducir que acaba de salir en ese preciso instante, respondiendo a la llamada de un primo moribundo.

Si tu amo te llama por tu nombre, y no respondes hasta el cuarto aviso, no debes apresurarte; si te reprende por la demora, puedes decir con todo derecho que no has acudido antes porque no sabías para qué te llamaban.

Tras recibir un rapapolvo por una falta, cuando salgas de la habitación y bajes las escaleras, farfulla en alto para que te oigan; eso les hará creer que eres inocente.

Cuando alguien venga a visitar a tu amo o señora mientras no están en casa, no te molestes en recordar el nombre de la persona, pues no cabe duda de que tienes demasiadas cosas de las que acordarte sin contar con ésa. Además, eso es tarea del portero, y culpa de tu amo si no cuenta con uno, y ¿quién se acuerda de los nombres? Seguramente los confundirías, y no sabes leer ni escribir.

En la medida de lo posible, nunca cuentes mentiras a tu amo o señora, a menos que tengas esperanzas de que no las descubran antes de media hora. Cuando despidan a un sirviente, deben contarse todas sus faltas, aunque su amo o señora nunca supieran de su existencia, y todos los destrozos cometidos por otros, atribuidos a él. (Da ejemplos). Y, cuando pregunten por qué no los pusiste antes al corriente, la respuesta es: «Señor, o señora, de veras tenía miedo de que os enojaseis, y que, además, pensarais que obraba de mala fe». Cuando hay señoritos o señoritas en la casa, suelen suponer un gran impedimento a las diversiones de los sirvientes; el único remedio es ganárselos con chucherías, para que no vayan con cuentos a papá y a mamá.

Recomiendo a los sirvientes cuyos amos viven en el campo, y que esperan propinas, que siempre se coloquen en estado de revista cuando un desconocido se marche, para que deba pasar forzosamente entre vosotros; y le hará falta más seguridad o menos dinero de lo habitual para que logre escapar y, según cómo se comporte, acordaos de cómo tratarle la próxima vez que vaya.

Si te mandan a comprar algo a una tienda con dinero en efectivo, y resulta que en ese momento estás sin blanca (cosa harto frecuente), escóndete el dinero y apunta los artículos en la cuenta de tu amo. Así se benefician el honor de tu amo y el tuyo, pues él gana crédito gracias a tus recomendaciones.

Cuando tu señora te haga subir a su aposento para darte órdenes, no olvides quedarte junto a la puerta, dejarla abierta, y manosear el pestillo mientras te habla, y no soltar el pomo, por si acaso no recuerdas cerrar la puerta al marcharte.

Si quiere el azar que tu amo o tu señora te acusen falsamente una vez en la vida, eres un sirviente afortunado, pues, por cada falta que cometas mientras estés a su servicio, sólo tienes que recordarles su falsa acusación, y declararte igualmente inocente en el caso presente.

Cuando quieras dejar a tu amo, y tu timidez te impida proponérselo por si le ofendes, lo mejor es mostrarse de pronto grosero y descarado, y no observar tu comportamiento habitual, hasta que estime necesario despedirte; y, cuando te hayas marchado, para vengarte, di que él y tu señora tienen tan mal carácter a todos tus compañeros que buscan ocupación, que nadie ose ofrecerles sus servicios.

Algunas atentas damas que temen coger frío, después de haber observado que las doncellas y los ocupantes del piso de abajo suelen olvidar cerrar la puerta cuando entran o salen al jardín, han mandado colocar una polea y una cuerda, con un gran bloque de plomo en un extremo, para que la puerta se cierre sola y sea necesaria una mano fuerte para abrirla, lo que supone una inmensa carga para los sirvientes, cuyas ocupaciones pueden obligarlos a entrar y salir cincuenta veces en una mañana. Pero el ingenio puede lograr muchas cosas, y los sirvientes juiciosos han hallado un remedio eficaz para esa insoportable desgracia, atando la polea de tal modo que el peso del plomo no surte efecto; no obstante, en lo que a mí respecta, prefiero dejar la puerta abierta colocando una piedra pesada en su parte inferior.

Los candelabros de los sirvientes suelen romperse, pues nada dura eternamente, pero se pueden encontrar muchos sustitutivos; puedes fijar cómodamente la vela a una botella, o en un trozo de manteca pegado a la madera de la pared, o en un cuerno para pólvora, o en un zapato viejo, o en un palo bifurcado, o en el cañón de una pistola, en una taza de café o un vaso, un cuerno para beber, una tetera, una servilleta doblada, un tarro de mostaza, un tintero, un hueso con tuétano, un pedazo de masa, o puedes practicar un agujero en una hogaza y fijarla en él.

Cuando invites a los sirvientes del vecindario para que se esparzan contigo en casa por la noche, enséñales un modo particular de dar golpecitos o de frotar la ventana de la cocina que tú puedas oír pero no tu amo o tu señora, a quienes debes procurar no molestar o asustar a horas tan intempestivas.

Échale todas las culpas a un perrito faldero, a un gato favorito, a un mono, a un loro, a una urraca, a un niño, o incluso al último sirviente despedido; en virtud de esta regla te exonerarás, no harás daño a otra persona, y evitarás a tu amo o señora el engorro y la humillación de una reprimenda.

Cuando te hagan falta instrumentos adecuados para cualquier tarea que vayas a acometer, utiliza todos los sustitutivos que puedas urdir antes de dejar tu labor sin hacer. Por ejemplo, si el atizador se ha perdido o está roto, aviva el fuego con las pinzas; si no tienes las pinzas a mano, utiliza la boca del fuelle, el asa de la pala, el mango del cepillo, el extremo de una escoba o el bastón de tu amo. Si necesitas papel para chamuscar un ave, arráncalo del primer libro que veas en la casa. Si no tienes un trapo, límpiate los zapatos con los bajos de una cortina, o con una servilleta de damasco. Arranca el encaje de tu librea si no tienes ligas. Si al mayordomo le hace falta un orinal, en caso de necesidad puede emplear la copa de plata grande.

Existen varias formas de apagar las velas, y debes dominarlas todas: puedes apretar el extremo contra un panel de madera, que apaga de inmediato la mecha; puedes dejarla en el suelo y pisar la mecha con el pie; puedes ponerla boca abajo hasta que la extinga su propio sebo, o meterla así en su hueco del candelabro; puedes darle vueltas con la mano hasta que se apague: cuando te acuestes después de hacer aguas menores, puedes mojar la punta de la vela en el orinal; puedes escupirte el pulgar y el índice, y apretar la mecha hasta que se apague; la cocinera puede apretar el extremo de la vela en una fuente de comida, o el mozo en un recipiente de avena, o un haz de heno, o un montón de basura; la criada puede apagar su vela apretándola contra un espejo, pues nada limpia tan bien como la mecha de una vela; pero el mejor y más rápido método es apagarla de un soplo, que limpia la vela y la deja bien preparada para ser encendida.

Nada hay más pernicioso en una familia que un soplón, uniros contra él debe constituir vuestra principal ocupación; sea cual sea la posición que ocupe, no dejéis pasar ninguna oportunidad de estropear lo que está haciendo y de estorbarle en todo. Por ejemplo, si el mayordomo es el soplón, romped sus vasos cuando deje la despensa abierta, o encerrad en ella al gato y al mastín, que harán lo mismo; esconded un tenedor o una cuchara para que nunca los encuentre. Si se trata de la cocinera, en cuanto se dé la vuelta, echad un puñado de hollín o un pellizco de sal en la olla, o ascuas humeantes en la bandeja para recoger la grasa de la carne, o restriega el asado por el fondo de la chimenea, u oculta la llave que da vueltas al asador. Si se sospecha de un lacayo, que la cocinera embadurne la espalda de su nueva librea, o, cuando suba con un plato de sopa, que lo siga quedamente con un cucharón lleno, que lo haga gotear hasta el comedor de la planta principal, y que después la criada profiera tal grito que la señora lo oiga. Resulta harto probable que la doncella sea culpable de esta falta, con la esperanza de atraer simpatías. En ese caso, la lavandera debe cerciorarse de rasgar sus vestidos al lavarlos y, al mismo tiempo, de lavarlos sólo a medias; y, cuando la doncella proteste, decid a toda la casa que suda tanto y que su cuerpo es tan inmundo que ensucia más un vestido en una hora que la fregona en una semana.

INSTRUCCIONES AL MAYORDOMO

En mis instrucciones a los sirvientes, mis largas observaciones me indican que tú, mayordomo, eres la principal parte implicada.

Como tu ocupación reviste la mayor variedad, y requiere la mayor exactitud, voy a repasar, todo lo bien que recuerdo, las diferentes ramas de tu oficio, y a dictar mis instrucciones de acuerdo a ellas.

Cuando tengas que ocuparte del aparador, dedica el máximo empeño a ahorrarte problemas, y también la bebida y las copas de tu amo. En consecuencia, y en primer lugar, puesto que cabe suponer que los que comen en la misma mesa son amigos, que beban todos de la misma copa sin lavarla, cosa que te evitará muchas complicaciones así como el riesgo de romperlas. No ofrezcas bebidas a nadie hasta que las hayan pedido al menos tres veces, gracias a lo cual, algunos por decoro, otros por falta de memoria, apenas te las pedirán, y así no se gastarán las bebidas de tu amo.

Si alguien quiere una botella de cerveza fuerte, agítala primeramente para ver si tiene algo dentro; después pruébala para saber de qué bebida se trata y no equivocarte; por último, limpia la boca de la botella con la palma de la mano para que se note lo limpio que eres.

Es mejor que el corcho esté al fondo de la botella que en la boca, y, si está mohoso, o hay grumos en la bebida, tu amo ahorrará más.

Si da la casualidad que en la mesa hay un invitado humilde, un capellán, un tutor, o un primo mantenido, del que percibes que el amo y los invitados le tienen en baja estima, cosa que nadie advierte y observa antes que nosotros, los sirvientes, el lacayo y tú debéis ocuparos de seguir el ejemplo de vuestros superiores, tratándole varios escalones por debajo de los demás; y no existe mejor manera de complacer a tu amo, o, al menos, a tu señora.

Si alguien pide cerveza floja al término de la cena, no te tomes la molestia de bajar a la bodega: vierte el resto y los posos de varias copas y vasos y platos en uno solo, pero da la espalda a las visitas, por si acaso te observan. Por el contrario, si alguien pide cerveza fuerte al final de la cena, llena la jarra más grande hasta el borde, y así la seguirás teniendo casi entera para ofrecérsela a los demás sirvientes, sin cometer el pecado de robar a tu amo.

Existe asimismo una legítima propina en virtud de la cual puedes hacerte todos los días con gran parte de una botella de vino, pues no tienes por qué pensar que la gente fina aprecia los restos de una botella; por tanto, preséntales siempre una nueva, aunque de la otra no se haya bebido más de una copa.

Cerciórate en particular de que las botellas no estén mohosas antes de llenarlas; para ello, sopla con fuerza en la boca de cada una, y, si después sólo hueles tu propio aliento, llénala de inmediato.

Si te mandan sacar bebida de un barril con prisas, y ves que no sale, no te molestes en abrir el tapón: sopla con fuerza por el grifo, y en seguida se derramará en tu boca; o saca el tapón, pero no lo vuelvas a poner, por si acaso tu amo te necesita.

Si sientes curiosidad por probar las mejores botellas de tu amo, vacía todas las que puedas justo hasta el principio del cuello, hasta tener la cantidad que deseas, pero no olvides rellenarlas después con agua clara, para no dejar a tu amo con menos bebida.

Hay un magnífico invento descubierto en los últimos años para administrar la cerveza fuerte y la floja del aparador. Por ejemplo, un caballero requiere un vaso de cerveza fuerte y sólo bebe la mitad, otro la pide floja. Inmediatamente, echas lo que queda de la fuerte en la jarra y llenas el vaso de cerveza floja, y así una y otra vez hasta que termina la cena, gracias a lo cual cumples tres propósitos: en primer lugar, te evitas el engorro de fregar y, en consecuencia, el peligro de romper los vasos; en segundo lugar, te aseguras de no equivocarte cuando llevas a los caballeros la bebida que piden; y, por último, gracias a este método sabes que no se pierde nada.

Dado que los mayordomos olvidan subir las cervezas con suma frecuencia, no olvides dejar las tuyas en el piso principal dos horas antes de la comida, y déjalas en la parte soleada de la estancia para que la gente vea que has estado atento.

Algunos mayordomos tienen una forma de decantar (o así lo llaman) la cerveza embotellada con la que pierden gran parte del líquido del fondo; que tu método sea volcar directamente la botella, y así la cantidad de bebida parecerá doble. Mediante este procedimiento, te aseguras de no perder ni una gota, y la espuma tapará lo turbio.

Limpia el plato, lava los cuchillos y frota la mesa sucia con las servilletas y el mantel empleados ese día, pues así sólo hay una cosa que lavar; además evitas desgastar los ásperos estropajos, con lo cual, como recompensa a tu buena administración, opino que puedes utilizar legítimamente las mejores servilletas de damasco como gorro de dormir.

Cuando laves tu plato, deja que el blanco de España se vea claramente en todas las mellas, para que tu señora no crea que no lo has limpiado.

En nada se advierten más los conocimientos de un mayordomo que en la administración de las velas, sobre la cual, aunque cierta parte puede corresponder a otros sirvientes, y dado que tú eres la principal persona implicada, te daré sólo a ti las instrucciones sobre este apartado, para que los demás sirvientes las apliquen cuando corresponda.

En primer lugar, para no despilfarrar la luz del día y para no gastar las velas de tu amo, nunca las saques hasta media hora después de que oscurezca, aunque las reclamen con frecuencia.

Deja los huecos del candelabro llenos de sebo hasta el borde, con la mecha vieja por arriba, y coloca encima las velas nuevas. Es cierto que eso puede producir su caída, pero las velas les parecerán más largas y vistosas a los invitados. En otras ocasiones, para no repetirte, coloca las velas mal fijadas a los huecos para que se vea que están limpios por debajo.

Cuando la vela sea demasiado grande para el hueco, derrítela en la chimenea hasta que tenga el tamaño adecuado; para ocultar la parte tiznada, envuélvela en papel hasta la mitad.

Es imposible dejar de observar el gran despilfarro de los últimos años entre las clases pudientes a propósito del artículo de las velas, que un buen mayordomo debe desaconsejar por todos los medios, tanto para ahorrar molestias como el dinero de su amo. Esto se puede lograr de varias maneras: por ejemplo, cuando te ordenan poner velas en los candelabros.

Los candelabros desgastan mucho las velas y tú, que siempre debes pensar en el bien de tu amo, debes desaconsejarlos con sumo énfasis. Por ello, debes ocuparte de meter la vela en su hueco con las dos manos e inclinarla de tal forma que todo el sebo caiga en el suelo, si el tocado de una dama o una peluca no están ahí para interceptarlo. Asimismo, puedes colocar la vela muy suelta, de forma que caiga encima del cristal del candelabro y lo haga añicos; así tu amo se ahorrará sus buenos peniques a lo largo del año, tanto en velas como en el cristalero, y tú, mucho trabajo, pues los candelabros rotos no pueden utilizarse.

No gastes las velas hasta el final; dáselas, como legítima propina, a tu amiga la cocinera, para que tenga más manteca, o, si eso no está permitido en tu casa, dáselas como limosna a los vecinos pobres, que te suelen hacer los recados.

Cuando tuestes una rebanada de pan, no te quedes mirándola ociosamente; déjala en las brasas y atiende tus otras obligaciones. Regresa más tarde y, si ves que se ha chamuscado, raspa el lado quemado y sírvela.

Cuando ordenes el aparador, coloca las mejores copas todo lo cerca que puedas del borde de la mesa; de ese modo, su brillo será doble y conformarán una figura mucho más elegante, y la peor consecuencia será que se rompa media docena, que es una fruslería para la economía de tu amo.

Lava los vasos con tus propias aguas, y así no gastarás las sales de tu amo.

Cuando se derrame la sal en la mesa, no la tires: al terminar la comida, dobla el mantel con la sal en su interior y viértela en el salero, para servirla al día siguiente. No obstante, la forma más rápida y fiable es la siguiente: cuando retires el mantel, envuelve en él los cuchillos, tenedores, cucharas, saleros, mendrugos de pan y restos, todo junto, y así te asegurarás de no perder nada, a no ser que consideres más conveniente sacudirlo por la ventana, para que los mendigos se coman los restos con mayor comodidad.

Deja los posos de cerveza, vino y otras bebidas espiritosas dentro de las botellas; enjuagarlas sólo es una pérdida de tiempo, pues todo eso se hará de una sola vez en una limpieza general, y tendrás una excusa mejor para romperlas.

Si tu amo tiene muchas botellas mohosas, inmundas o con costras, te recomiendo, para tranquilidad de tu conciencia, que sean las primeras que trueques por cerveza o coñac en la taberna más cercana.

Cuando traigan un recado a tu amo, sé gentil con el compañero sirviente que lo porta: dale la mejor bebida de que dispongas, para honrar a tu amo, y, a la primera ocasión, él hará lo mismo contigo.

Después de la cena, si está oscuro, lleva los platos y la porcelana juntos en la misma bandeja para no gastar velas, pues conoces tu despensa suficientemente bien para colocarlos a oscuras.

Cuando se esperen invitados para cenar, o por la noche, asegúrate de estar fuera, para que no cojan nada de lo que guardas con tus llaves, y así tu amo no gastará sus bebidas y no agotará su despensa.

Ahora llego a la parte más importante de tu economía, el embotellamiento del vino de los barriles, para lo que recomiendo tres virtudes: limpieza, frugalidad y amor fraternal. Que los corchos sean los más largos que puedas hallar, y así ahorrarás un poco de vino en el cuello de cada botella. En cuanto a las botellas, elige las más pequeñas que encuentres, de forma que su número será mayor, y tu amo quedará complacido, pues una botella de vino siempre es una botella de vino, contenga más o contenga menos, y, si tu amo tiene un número apropiado de ellas, no puede quejarse.

En primer lugar, hay que enjuagarlas convino, para evitar que el lavado deje humedad; algunos, en virtud de un ahorro mal entendido, enjuagan una docena de botellas con el mismo vino, pero yo recomiendo mayor precaución, y cambiar el vino cada dos botellas. Un vaso puede bastar. Ten botellas preparadas para irlo guardando; supondrá una buena propina, bien vendiéndolo, bien tomándotelo con la cocinera.

No agotes el barril, ni lo inclines, pues eso puede estropear la bebida. Cuando comience a salir poco líquido, antes de que el vino se enturbie, agita el barril y lleva un vaso de su contenido a tu amo, que alabará tu buen juicio y te regalará el resto como la propina natural de tu posición; al día siguiente puedes inclinar el barril, y, al cabo de quince días, tendrás una o dos docenas de vasos de buen vino limpio con el que hacer lo que creas más conveniente.

Cuando embotelles el vino, llénate la boca de corcho junto con un gran rollo de tabaco, que le conferirán un verdadero sabor a maleza, tan delicioso para los que entienden de bebidas.

Cuando te manden decantar una botella sospechosa, si ya se ha servido una pinta de ella, agita la mano con destreza y sírvela en un vaso, para que se vea que empieza a estar turbia.

Cuando haya que meter en botellas un barril de vino o de cualquier otra bebida, lávalas inmediatamente antes de empezar, pero cerciórate de no secarlas; gracias a esa buena administración tu amo se ahorrará varios galones por cada barril.

Ésta es la ocasión, para honrar a tu amo, en que deberías mostrar tu bondad hacia los demás sirvientes, especialmente hacia la cocinera. ¿Qué significan unas jarras de todo un barril? Pero haz que las beban delante de ti, para que no se las den a otras personas y causen así una ofensa a tu amo; indícales, si se ponen ebrios, que se acuesten y que dejen dicho que están enfermos; todos los sirvientes deben observar esta advertencia, tanto hombres como mujeres.

Si tu amo cree que el barril está más vacío de lo que esperaba, ¿no resulta completamente evidente que el recipiente goteaba, que el tonelero no lo llenó a su debido tiempo, que el tendero le ha engañado dándole un barril de una medida inferior?

Cuando tengas que obtener agua para el té después de la comida (que en muchas familias forma parte de tus obligaciones), para no gastar fuego y para ir más de prisa, echa en la tetera el agua de la cazuela donde se ha hervido repollo o pescado, con lo que resultará mucho más saludable, al curar el carácter ácido y corrosivo del té.

No malgastes las velas: deja que las de los candelabros, el salón, las escaleras y el farol se consuman en sus huecos hasta que se apaguen solas, ante lo cual tu amo y señora encomiarán tus ahorros en cuanto huelan las mechas.

Si un caballero olvida su caja de rapé o su estuche de palillos de dientes en la mesa después de cenar y se marcha, considéralo como parte de tu salario, pues así lo reconocen todos los sirvientes, y no causas perjuicio alguno a tu amo o tu señora.

Si sirves en casa de un terrateniente, cuando acudan a comer damas y caballeros nunca olvides emborrachar a sus sirvientes, especialmente al cochero, para honrar a tu amo, cosa que, en todas tus acciones, debes tener en especial consideración, pues eres el mejor juez del honor; pues ese honor de toda familia queda depositado en manos de la cocinera, el mayordomo y el mozo de cuadra, como demostraré más adelante.

Durante la cena, apaga las velas de la mesa, que es lo más seguro, porque si la mecha encendida se sale del candelero, cabe la posibilidad de que caiga en un plato de sopa, de papilla de leche y vino, de leche de arroz, o algo semejante, donde se extinguirá de inmediato sin apenas hedor.

Cuando hayas apagado la vela, no cierres el apagavelas, pues así la mecha se convertirá en ceniza por sí sola, sin caer y ensuciar la mesa cuando vuelvas a apagarlas.

Para que la sal no tenga grumos en el salero, apriétala con la palma de la mano húmeda.

Cuando un caballero se vaya a marchar, después de cenar con tu amo, asegúrate de que te vea bien y de seguirle a la puerta, y, cuando se presente la ocasión, mírale directamente a los ojos, y puede que así obtengas un chelín; pero, si el caballero ha pernoctado allí, haz que la cocinera, la doncella, los mozos de cuadra, el pinche de cocina y el jardinero te acompañen y que se coloquen en su camino al vestíbulo, formando una línea que le flanquee por ambos lados; si el caballero cumple generosamente, será un honor para él, y a tu amo no le costará nada.

No es necesario que limpies el cuchillo cuando cortes pan para la mesa; al cortar una rebanada o dos se limpiará solo.

Mete el dedo en todas las botellas para comprobar con el tacto si está llena, que es lo más seguro, pues nada es comparable al tacto.

Cuando bajes a la bodega para buscar cerveza fuerte o floja, no olvides seguir al pie de la letra el siguiente método: sostén el recipiente con los dedos índice y pulgar de la mano derecha, con la palma hacia arriba y coloca la vela entre los dedos, pero un poco inclinada hacia la abertura del recipiente; después quita el tapón con la mano izquierda, métete la punta en la boca, deja que la mano izquierda se ocupe de los accidentes. Cuando el recipiente esté lleno, sácate el tapón de la boca, bien mojado de baba, que, al tener una consistencia viscosa, hará que el grifo cierre mejor. Si cae algo de sebo en el recipiente puedes (si reparas en ello) quitarlo fácilmente con una cuchara o, mejor, con el dedo.

Deja siempre un gato encerrado en el armario donde guardas los platos de porcelana, para que los ratones no consigan entrar y los rompan.

Un buen mayordomo siempre rompe la punta del abrebotellas al cabo de dos días, cuando hace la prueba de ver si es más dura la punta del abrebotellas o el cuello de la botella; en ese caso, para suplir la ausencia del abrebotellas, después de que el extremo roto haya desmenuzado el corcho, emplea un tenedor de plata, y, cuando los trozos de corcho estén casi fuera, choca la boca de la botella contra el barril tres o cuatro veces, hasta que la consigas abrir del todo.

Si un caballero tiene por costumbre comer con tu amo y no te da nada al marcharse, puedes recurrir a diferentes métodos para hacerle ver las señales de tu disgusto y para refrescarle la memoria: si pide pan o bebida, puedes fingir que no oyes, o llevárselos a otra persona que los ha pedido después que él; si pide vino, hazle esperar, y después llévale cerveza floja; ponle siempre vasos sucios; llévale una cuchara cuando quiere un cuchillo; guiña al lacayo para que le deje sin plato. Mediante esos y otros procedimientos, es muy posible que valgas media corona más antes de que él se marche, siempre y cuando no dejes pasar la oportunidad de colocarte a su lado cuando se vaya.

Si a tu señora le gusta jugar, tu fortuna está resuelta para siempre: el juego moderado te supondrá una propina de diez chelines a la semana, y en una familia así yo prefiero ser mayordomo antes que capellán, o incluso antes que secretario. Se trata de un dinero fácil y obtenido sin esfuerzo, a no ser que tu señora sea de ésas que te obligan a buscar velas de cera, o te mandan que lo dividas con los sirvientes favoritos; pero, en el peor de los casos, las cartas viejas son tuyas, y si los jugadores se endeudan mucho o se ponen quisquillosos, cambiarán las cartas con tanta frecuencia que las viejas te aportarán un beneficio considerable si las vendes en los cafés, o a las familias a las que les gusta el juego pero que sólo pueden permitirse cartas de segunda mano. Cuando cumplas este servicio, no olvides colocar paquetes nuevos al alcance de los jugadores, que los desafortunados cogerán de inmediato para cambiar su fortuna, y, de tanto en tanto, un paquete viejo mezclado con los demás se colará con facilidad. Esmérate en ser muy servicial las noches en que se juega, y ten velas preparadas para dar luz a los invitados, así como jarras de vino a mano para llevarlas cuando las pidan; pero arréglatelas con la cocinera para que no haya cena, porque la familia de tu amo ahorrará mucho, y porque una cena hará que disminuyan considerablemente tus ganancias.

Después de las cartas, no hay nada tan provechoso para ti como las botellas, y en esa ganancia extraordinaria nadie compite contigo excepto los lacayos, que suelen robarlas y cambiarlas por jarras de cerveza, pero debes impedir esos abusos en casa de tu amo. Los lacayos no responden de las que se rompen al embotellar mucha bebida, y ésas pueden ser tantas como tu prudencia decida.

El beneficio de los vasos es tan mísero que apenas merece hablarse de él; se trata apenas de un pequeño presente del cristalero, unos cuatro chelines por cada libra, añadidos al precio en virtud de tus molestias y de tu pericia para elegirlos. Si tu amo posee una extensa colección de vasos, y tú o los demás sirvientes rompéis alguno sin que éste se entere, mantenlo en secreto hasta que no queden suficientes para poner la mesa, y dile entonces al amo que no tenéis vasos; así sólo sufrirá una humillación, que es mucho mejor que disgustarse una o dos veces por semana, y el oficio de un buen sirviente consiste en perturbar a su amo o señora lo menos posible, y en este punto el perro y el gato serán de gran utilidad para quitarte la culpa. Nota: Debe entenderse que la mitad de las botellas que faltan las rompen vagabundos y otros sirvientes, y la otra mitad se rompen por accidente y en una limpieza general.

Afila el envés de los cuchillos hasta que estén tan afilados como el filo, cosa que presentará una ventaja, y es que, cuando los caballeros los encuentren romos por un lado, podrán probar con el otro; y, para mostrar que no escatimas esfuerzos al afilar los cuchillos, hazlo durante largo rato, hasta que desgastes gran parte de la hoja e incluso la parte inferior del mango de plata. Esto da prestigio a tu amo, pues es indicativo de un buen gobierno de la casa, y quizá el platero te haga un regalo algún día.

Tu señora, cuando descubra que no queda ninguna clase de cerveza, te reprochará haber olvidado poner la estaquilla en la válvula. Eso es un grave error, pues resulta más que evidente que la estaquilla hace que el aire no salga del barril, cosa que echa a perder la bebida, y por tanto hay que dejar que salga; pero, si insiste, para evitar el engorro de sacar el espiche y volverlo a meter una docena de veces al día, cosa que un buen sirviente no debe consentir, deja el tapón metido a medias por la noche, y verás que, perdiendo sólo dos o tres litros, el recipiente no se atascará.

Cuando prepares las velas, envuélvelas en un trozo de papel de estraza, y mételas así en su hueco; haz que el papel llegue a la mitad de la vela, pues así queda bonito cuando alguien entre.

Hazlo todo a oscuras (como lavar los vasos, etcétera), para no gastar las velas de tu amo.

INSTRUCCIONES A LA COCINERA

Aunque no ignoro que las personas distinguidas llevan mucho tiempo observando la costumbre de tener cocineros, generalmente de la nación francesa, dado que mi tratado está pensado esencialmente para uso general de caballeros, terratenientes y señores, tanto del campo como de la ciudad, me dirigiré a ti, señora cocinera, como mujer. No obstante, gran parte de lo que indico puede servir para ambos sexos, y tu empleo se solapa naturalmente con el hombre, porque el mayordomo y tú compartís los mismos intereses. Vuestros salarios son asimismo semejantes, y se os paga cuando otros no reciben nada. Podéis celebrar festines furtivos por las noches con vuestra propia comida, cuando el resto de la casa duerme, y está en vuestro poder haceros amigos de los demás sirvientes. Podéis dar bocaditos o traguitos a los señoritos y señoritas y granjearos su cariño. Una riña entre vosotros resulta muy peligrosa para ambos, y su probable resultado es el despido de uno de los dos, y en ese fatal caso quizá no sea fácil hacer una piña con otro hasta que pase un tiempo. Y ahora, señora cocinera, procedo a darte mis instrucciones, que quiero que otra sirvienta de la familia te lea sin cesar una noche por semana cuando te acuestes, sirvas en el campo o en la ciudad, pues mis lecciones os serán de provecho a ambas.

Si tu señora olvida durante la cena que hay carne fría en la casa, no seas tan solícita como para recordárselo; es evidente que no la quería, y, si se acuerda al día siguiente, aduce que no te había dado órdenes y que ya no queda; por tanto, antes que contar una mentira, da buena cuenta de ella con el mayordomo o cualquier otro compinche antes de irte a la cama.

Nunca envíes a la mesa el muslo de un ave mientras haya un perro o un gato en la casa a los que se pueda acusar de haber huido con él. Si no hay ni uno ni otro, debes culpar a las ratas o a un extraño galgo.

Serías una pésima ama de casa si ensuciaras los estropajos limpiando la parte inferior de los platos que envías al piso principal, pues el mantel sirve igual de bien, y lo cambian cada comida.

No limpies los asadores después de utilizarlos, pues la grasa que la carne deja en ellos es lo mejor para impedir que se oxiden, y, cuando los vuelvas a emplear, esa misma grasa hará que la carne esté jugosa por dentro.

Si vives con una familia rica, asar y hervir es algo indigno de tu puesto, y te corresponde no saber hacerlo; en consecuencia, deja todo ese trabajo para una sirvienta, para no manchar la honra de la familia con la que vives.

Si, por tu empleo, tienes que ir al mercado, compra la carne al menor precio posible, pero, cuando presentes las cuentas, ten en consideración el honor de tu amo y da el precio más alto, cosa que, por otro lado, es completamente justa, pues nadie puede permitirse vender al mismo precio que compra, y no me cabe duda de que podrás jurar sin temor a equivocarte que no diste más de lo que el carnicero y el pollero pedían. Si tu señora te ordena preparar un trozo de carne para la cena, no debes deducir que estás obligada a prepararlo todo, de tal modo que el mayordomo y tú podéis quedaros con la mitad.

Las buenas cocineras no pueden soportar eso que llaman con toda justicia trabajos de chinos, en los que se emplea una gran cantidad de tiempo y se consigue muy poco. Un ejemplo es la preparación de aves pequeñas, que requieren mucha cocina y mucho desbarajuste y un segundo o tercer asador que, dicho sea de paso, resulta absolutamente superfluo, pues sería harto ridículo que un asador capaz de dar vueltas a una pierna de ternera no pueda dar vueltas a una alondra. No obstante, si tu señora es escrupulosa, y teme que un asador grande las desgarre, colócalas bellamente en la sartén, donde la grasa del cordero o ternera asados que cae encima de las aves bastará para darles jugo, y así ahorrarás tiempo y manteca, pues ¿qué clase de cocinera perdería el tiempo limpiando alondras, collalbas y demás aves pequeñas? Por ello, si no consigues que las criadas o las señoritas te ayuden, acorta el trabajo y chamúscalas o despelléjalas; la piel no es una gran pérdida, y la carne queda igual.

Si tienes que ir al mercado, no consientas que el carnicero te regale un filete de ternera y una jarra de cerveza, que, con toda sinceridad, creo que equivale a engañar a tu amo; acepta esa propina en dinero, si no aceptas créditos, o como impuesto cuando pagues las cuentas.

Como normalmente el fuelle de la cocina no funciona, por haber atizado el fuego con su punta para no gastar las pinzas y el atizador, toma prestado el de la alcoba de tu señora, que, al ser el menos utilizado, suele ser el mejor de la casa; y, si por casualidad lo estropeas o lo manchas de grasa, quizá puedas quedártelo para tu uso exclusivo.

Ten siempre cerca de la casa a un golfillo callejero al que mandar a hacer tus recados o para que vaya al mercado en los días de lluvia, pues así no ensuciarás tu ropa y parecerás más respetable a ojos de tu señora.

Si tu señora te cede la manteca obtenida de los asados, en respuesta a su generosidad asegúrate de cocer y asar la carne suficientemente. Si se la guarda para ella, respóndele con la misma moneda, y, antes de dejar que un buen fuego ande escaso, aliméntalo de tanto en tanto con la manteca y la grasa, que sirven de combustible.

Envía la carne al piso principal bien atravesada de pinchos, para que parezca redonda y gruesa; y un pincho de hierro, convenientemente empleado aquí y allá, le dará un aspecto más hermoso.

Cuando ases un trozo largo de carne, preocúpate únicamente de la mitad y deja crudos los dos extremos, que pueden servir para otra ocasión y así también gastarás menos fuego.

Cuando friegues los platos y cacharros, dobla el borde hacia dentro para que no se les salga el contenido.

Asimismo, haz un buen fuego en la cocina cuando se celebre una pequeña comida o cuando la familia coma fuera, de modo que los vecinos, al ver el humo, alaben el gobierno de la casa de tu amo; pero, cuando haya muchos invitados, ahorra todo lo posible en leña, porque gran parte de la carne, al estar medio cruda, se guardará, y servirá para el día siguiente.

Siempre has de cocer la carne en agua del pozo, porque en alguna ocasión no dispondrás de agua del río o de cañería, y en ese caso, tu señora, cuando se dé cuenta de que la carne tiene otro color, te reprenderá sin que hayas cometido falta alguna.

Cuando tengas muchas aves en la despensa, deja la puerta abierta como muestra de compasión hacia la pobre gata, si es buena cazadora de ratones.

Si ves que es necesario ir al mercado en un día húmedo, saca la caperuza y la capa de tu señora para no desgastar tu ropa.

Procúrate tres o cuatro ayudantas para que te asistan de continuo en la cocina, y págales unos honorarios reducidos: sólo la carne echada a perder, un poco de carbón y toda la ceniza.

Para que los sirvientes molestos no entren en la cocina, deja puesta la manivela del asador para que les caiga encima de la cabeza.

Si un puñado de hollín cae en la sopa y no puedes quitarlo cómodamente, espúmalo bien, y dará a la sopa un sabor muy francés.

Si disuelves la mantequilla y se convierte en aceite, no te apures y envíala a la mesa, pues el aceite es una salsa más fina que la mantequilla.

Raspa el fondo de las ollas y cazuelas con una cuchara de plata, porque de otro modo podrían impregnarse de un regusto a cobre.

Cuando la salsa que mandes a la mesa sea mantequilla, no despilfarres y haz la mitad de agua, cosa que también resulta mucho más saludable.

No emplees jamás una cuchara para algo que puedas hacer con las manos, y así no gastarás la plata de tu amo.

Cuando veas que no puedes tener la cena preparada a la hora acordada, retrasa el reloj para que esté lista en el momento exacto.

Deja que un ascua incandescente caiga de vez en cuando en el recipiente para recoger la grasa, de modo que el humo de la grasa suba y confiera a la carne asada un exquisito sabor.

Debes considerar la cocina como tu vestidor; pero no te laves las manos hasta que hayas ido al excusado, hayas ensartado la carne, hayas atado el pollo, cortado la ensalada, y desde luego no hasta que hayas mandado a la mesa el segundo plato, pues tus manos se habrán ensuciado diez veces con las cosas que te ves obligada a tocar; pero, cuando hayas terminado de trabajar, con un lavado bastará.

Sólo hay una parte de tu aseo que permito mientras las vituallas se cuecen, se asan o se guisan: me refiero a peinarte el cabello, cosa con la que no se pierde tiempo, porque puedes estar delante de los fogones y vigilarlos con una mano, mientras utilizas el peine con la otra.

Si por azar algunos cabellos llegan a la mesa junto a las vituallas, puedes inculpar fácilmente a cualquiera de los lacayos que te han distraído, pues dichos caballeros pueden comportarse a veces pérfidamente si no les guardas un bocado de la olla o una tajada del asador, y mucho más cuando disparas un cucharón de gachas calientes en sus piernas o les mandas frente a los señores con un trapo para secar los platos prendido en el trasero.

Para asar y hervir, ordena a la fregona que te traiga sólo leña grande, y que guarde la pequeña para las chimeneas de la planta principal; la primera resulta la más indicada para preparar la carne, y, cuando se apaga, si estropeas algún plato, puedes atribuir la falta con toda justicia a la carencia de leña; por otro lado, los recogedores de ceniza hablarán ciertamente mal del gobierno de la casa de tu amo si no encuentran muchas ascuas grandes mezcladas con trozos de leña grandes y nuevos. De esta forma, preparas la carne sin perder tu prestigio, llevas a cabo un acto de caridad, y, a veces, obtienes una parte de una jarra de cerveza a cambio de tu munificencia con la recogedora de ceniza.

En cuanto hayas mandado el segundo plato, no tienes nada que hacer en una gran familia hasta la cena, así que lávate manos y cara, ponte la caperuza y el pañuelo, y solázate con tus amigas hasta las nueve o diez de la noche; pero cena primero.

Mantén siempre una férrea amistad con el mayordomo, pues os interesa a los dos estar unidos: el mayordomo quiere con frecuencia un bocado agradable, y tú, con mucha mayor frecuencia, una copa fría de buen licor. No obstante, cuídate de él, pues a veces es un amante inconstante, pues cuenta con la gran ventaja de que puede ganarse a las doncellas con un vaso de moscatel o de vino blanco con azúcar.

Cuando ases un pecho de ternera, no olvides que tu enamorado, el mayordomo, se deleita con las mollejas, conque apártalas hasta la noche: puedes decir que el perro o el gato se las han llevado, o que estaban en mal estado, o llenas de moscas; por otro lado, su aspecto en la mesa es el mismo con las mollejas que sin ellas.

Cuando hagas esperar largo tiempo a los invitados, y la carne esté demasiado hecha (cosa que suele suceder), puedes echarle la culpa con toda justicia a tu señora, que te apremió tanto para que acabaras la comida, que te viste obligada a sacarla demasiado cocida y asada.

Cuando no dispongas de tiempo para recoger los platos, inclínalos de modo que caigan doce a la vez en el aparador, para que los cojas directamente.

Para ahorrarte tiempo y molestias, corta las manzanas y cebollas con el mismo cuchillo, pues a los señores de buena cuna les gusta que todo lo que coman sepa a cebolla.

Con las manos, amasa tres o cuatro libras de manteca y lánzalas contra la pared, justo encima del aparador, y así las tendrás disponibles para arrancar a trozos cuando te hagan falta.

Si dispones de una cacerola de plata para utilizarla en la cocina, te recomiendo que la aporrees bien y que esté siempre negra; colócala restregándola contra las brasas, etcétera, para honrar a tu amo, pues eso es signo de que su casa ha estado bien atendida de forma constante; y, del mismo modo, si cuentas con un cucharón de plata para la cocina, desgástalo de tanto raspar y remover, y repite jubilosa: «Esta cuchara lo ha dado todo a mi amo».

Cuando, por la mañana, mandes a tu amo un mejunje de caldo, gachas, o algo por el estilo, no olvides poner sal en el borde del plato con los dedos, pues, si utilizas una cuchara o la punta de un cuchillo, puede haber peligro de que la sal se caiga, y eso sería una señal de mala suerte. Pero acuérdate de chupártelos para limpiarlos antes siquiera de tocar la sal.

Si la mantequilla, cuando se derrite, sabe a latón, la culpa es de tu amo, que te tiene sin cacerola de plata; además, así cundirá más, y estañar tiene un coste muy alto. Si dispones de una cacerola de plata y la mantequilla sabe a humo, atribúyelo a la leña.

Si casi todos los platos de la cena se te estropean, ¿cómo ibas a evitarlo? Los lacayos que entraban en la cocina te gastaban jugarretas; para demostrarlo, no dejes pasar la oportunidad de enojarte y de tirarles una cucharada de caldo en alguna de sus libreas. Además, el viernes y el Día de los Inocentes son dos días nefastos, y es imposible tener buena suerte en cualquiera de ellos; por tanto, en ambos días dispones de una legítima excusa.

INSTRUCCIONES AL LACAYO

Tu puesto, al tener una naturaleza poco definida, comprende gran variedad de asuntos, y cuentas con grandes posibilidades de ser el favorito de tu amo y de tu señora, o de los señoritos y señoritas. Tú eres el caballero de la familia, del que se enamoran todas las criadas. A veces eres un modelo en el vestir para tu amo, y a veces él lo es para ti. Atiendes la mesa delante de todos los invitados, y, en consecuencia, tienes la oportunidad de ver y conocer el mundo, y de comprender a los hombres y sus costumbres. Confieso que tu salario es escaso, a no ser que te manden a entregar un regalo, o que sirvas un té en el campo, pero los vecinos te llaman «señor» y a veces obtienes una fortuna, que quizá sea la hija de tu amo, y he conocido a muchos de tu tribu que habían tenido un alto rango en el ejército. En la ciudad, tienes un asiento reservado en el teatro, donde puedes convertirte en un crítico ingenioso. Careces de enemigos declarados, con la excepción de la chusma y de la doncella de tu señora, quienes quizá te llamen a veces «criaducho». Siento auténtica veneración por tu oficio, porque en mis tiempos tuve el honor de pertenecer a tu orden, que abandoné neciamente para rebajarme y aceptar un puesto en la aduana. Para que tú, hermano mío, corras mejor suerte, te dictaré a continuación mis instrucciones, que son el fruto de muchas cavilaciones y observaciones, así como de siete años de experiencia.

Para conocerlos secretos de otras familias, cuenta a tus compañeros aquellos de tu amo; así te convertirás en un favorito tanto dentro como fuera de casa, y serás considerado persona de importancia.

Que nunca te vean en la calle con una cesta o un paquete en la mano, y no lleves nada que no puedas esconder en un bolsillo; de otro modo, mancharás tu vocación. Para impedirlo, contrata siempre a un golfillo callejero para que lleve tus bultos, y, si no dispones de un cuarto de penique, págale con una buena rebanada de pan o con un trozo de carne.

Que el limpiabotas limpie primero tus zapatos, para que no ensucies las habitaciones, y después los de tu amo; empléalo a propósito para ese fin y para que te haga los recados, y págale con las sobras de la comida. Cuando te manden hacer un recado, escabúllete para ocuparte de tus propios asuntos, bien para ver a tu enamorada, bien para beber una jarra de cerveza con tus compañeros, pues es evidente que así se ahorra muchísimo tiempo.

Existe una gran controversia acerca de la forma más práctica y elegante de sostener una fuente en las comidas: los hay que la colocan entre su cuerpo y el respaldo de la silla, que constituye una magnífica solución, si el tamaño de la silla lo permite; otros, para que la fuente no se les caiga, la agarran con tanta firmeza que su pulgar llega hasta el centro, cosa que, no obstante, si tu dedo está seco, no es un método seguro, y por tanto, en ese caso, recomiendo que mojes el centro de la fuente con la lengua. En cuanto a la absurda práctica de sostener la base de la fuente con la palma de la mano, que algunas señoras recomiendan, ha sido universalmente impugnada, al dar pie a muchos accidentes. Por otro lado, los hay tan refinados que se la ponen directamente debajo de la axila, que es la mejor posición para que no se enfríe, pero puede resultar peligroso cuando haya que retirar un plato, pues la fuente puede caer sobre la cabeza de algún invitado. Confieso que, personalmente, he rechazado todos esos métodos, que he probado con frecuencia, y es por ello que recomiendo un cuarto, que es meterte la fuente, incluso hasta el borde, en el costado izquierdo, entre el chaleco y la camisa; eso la mantendrá al menos tan caliente como tu axila —o sobaco, como la llaman los escoceses—, y la esconderá, de tal modo que los desconocidos creerán que eres un sirviente superior, que no puede rebajarse a sostener una fuente; también impedirá que se caiga y, así colocada, la tienes lista para sacarla en un santiamén, ya caliente, para cualquier invitado a tu alcance que la desee. Y, por último, este método presenta otra ventaja, y es que, si en algún momento mientras estás sirviendo ves que vas a toser o estornudar, puedes extraer la fuente y acercarte la parte cóncava a la nariz o a la boca, y así evitarás escupir cosas húmedas en los platos o en el tocado de las señoras. Vemos cómo las damas y los caballeros observan esa práctica en ocasiones semejantes con un sombrero o un pañuelo, pero un plato se ensucia menos y se limpia antes que cualquiera de los dos, porque, cuando has terminado de toser o estornudar, no tienes más que volver a colocar la fuente en la misma posición, y tu camisa la limpiará en el pasillo.

Retira los platos más grandes y sostenlos con una mano, para mostrar a las damas tu vigor y la fuerza de tu espalda, pero hazlo siempre entre dos damas, de modo que, si el azar quiere que tires el plato, la sopa o la salsa caigan en sus vestidos y no manchen el suelo. Gracias a esta práctica, dos de nuestros hermanos, honrados amigos míos, consiguieron considerables fortunas.

Aprende todas las palabras y juramentos y canciones y fragmentos de obras de teatro de moda que puedas recordar. Así te convertirás en el deleite de nueve de cada diez damas, y en la envidia de noventa y nueve de cada cien galanes.

Cuídate en ciertos momentos, especialmente durante la cena, cuando haya personas de categoría, de salir de la estancia junto a tus compañeros: de ese modo os procuraréis un descanso de las fatigas del servir y, al mismo tiempo, dejaréis que los invitados hablen con mayor libertad, sin que vuestra presencia los coarte.

Cuando debas transmitir un mensaje, exprésalo en tus propias palabras, aunque sea para un duque o una duquesa, y no con las palabras de tu amo o señora, pues ¿cómo van a saber cómo debe ser un mensaje mejor que tú, que has sido educado para esa tarea? Pero nunca des la respuesta hasta que la pidan, y, entonces, adórnala con tu propio estilo.

Cuando se termine la cena, lleva un gran montón de fuentes a la cocina: cuando llegues al comienzo de las escaleras, tíralas todas delante de ti para que salgan rodando. No existe imagen o sonido más agradable, sobre todo si son de plata, amén de las molestias que te ahorras, y quedarán a mano, cerca de la puerta de la cocina, para que el pinche las lave.

Si subes un trozo de carne a la planta principal y se te cae, antes de entrar en el comedor con la carne en el suelo y la salsa derramada, coge la carne con cuidado, límpiala con la manga de tu chaqueta, vuelve a ponerla en la fuente y sírvela; si tu señora echa en falta la salsa, dile que la traerás en otra fuente.

Cuando sirvas un plato de carne, mete los dedos en la salsa, o chúpala con la lengua para ver si es buena y adecuada para la mesa de tu amo.

Tú eres el mejor juez de las amistades que convienen a tu señora, y, por eso, si te manda dar un recado de cortesía o de negocios a una familia que te desagrada, transmítelo de forma que dé pie a una disputa entre ellos y que no se puedan reconciliar; o, si un lacayo de esa familia viene a ti con un cometido semejante, reproduce la respuesta que ella te ha ordenado comunicar de tal forma que la otra familia la tome como una ofensa.

Cuando te encuentres en tu residencia y no puedas conseguir un limpiabotas, limpia los zapatos de tu amo con la parte inferior de las cortinas, una servilleta limpia, o el delantal de la posadera.

Lleva siempre puesto el sombrero dentro de casa, menos cuando te llame tu amo: en cuanto te encuentres en su presencia, quítatelo para demostrar tus modales.

No te limpies los zapatos en el limpiabarros, sino en el vestíbulo o al pie de las escaleras, y de ese modo tendrás el mérito de llegar casi un minuto antes a casa, y el limpiabarros durará más.

No pidas permiso para salir a la calle, porque entonces siempre sabrán que estás ausente, y te considerarán un vago y un paseante; pero si sales y nadie lo ve, es posible que vuelvas sin que te hayan echado de menos, y no es necesario que digas a los demás sirvientes dónde has ido, pues sabrán decir que aún estabas en casa hacía dos minutos, que es el deber de todos los sirvientes.

Apaga las velas con los dedos, tira la mecha al suelo y después písala para que no apeste; este método impedirá en gran medida que los apagavelas se gasten. También has de apagarlas cerca del sebo, para que se consuman y la cocinera pueda llevarse más grasa, pues ella es la persona con quien la prudencia aconseja llevarse bien.

Mientras se reza después de la comida, aleja con tus compañeros las sillas de los allí reunidos, para que, cuando vuelvan a sentarse, se caigan de espaldas, cosa que los pondrá muy contentos; pero sed discretos y no riais hasta que lleguéis a la cocina, y allí divertid a los otros sirvientes.

Cuando sepas que tu amo se encuentra sumamente ocupado con una visita, entra y finge que ordenas la habitación y, si te reprende, di que creíste que había tocado el timbre. Eso lo distraerá, para que no se extenúe con los negocios ni se agote hablando o dándole vueltas a la cabeza, todo lo cual es dañino para su ánimo.

Si te mandan romper la pinza de un cangrejo o una langosta, métela en la jamba de la puerta del comedor, entre las bisagras: así podrás hacerlo poco a poco, sin que la carne se haga papilla, que es lo que suele suceder cuando se utiliza la llave de la puerta de la calle o la mano del mortero.

Cuando retires un plato sucio a un invitado, y veas el cuchillo y el tenedor sucios puestos encima, muestra tu destreza: coge el plato y tira el cuchillo y el tenedor a la mesa sin que se caigan los huesos o la carne cortada que quedan; después, el invitado, que dispone de más tiempo que tú, limpiará el cuchillo y el tenedor ya empleados.

Cuando lleves una copa de aguardiente a una persona que la ha pedido, no le des un golpe en el hombro ni exclames: «Señor, o señora, he aquí su copa»; eso sería de mala educación, como si quisieras obligarle a bebérselo. Colócate, en cambio, tras el hombro derecho de esa persona, y espérala; si la tira con el hombro en un descuido, ha sido culpa suya y no tuya.

Cuando tu señora te mande traer un coche de alquiler en un día de lluvia, vuelve en el carruaje para no estropearte la ropa y ahorrarte la molestia de andar; es mejor que la parte inferior de sus enaguas se embarre con tus zapatos sucios, antes de que se te eche a perder la librea y atrapes un constipado.

No hay mayor indignidad para alguien de tu posición que la de alumbrar a tu amo con un farol por la calle, y, por eso, es una práctica muy justa intentar evitarlo mediante cualquier ardid; además, eso indica que tu amo es pobre o avaro, que son los dos peores atributos que puedes encontrar si eres sirviente. Cuando yo me hallaba en esas circunstancias, empleaba varios sabios recursos, que aquí te recomiendo: a veces cogía una vela tan larga que tocaba la punta del farol y se apagaba; pero mi amo, después de una buena zurra, me mandaba poner papel en la punta. Posteriormente utilizaba una vela mediana, pero quedaba tan suelta en su orificio que se caía a un lado, y quemaba una cuarta parte del cuerno. Después usaba un trocito de vela de media pulgada, que se hundía en su orificio y derretía la soldadura, cosa que obligaba a mi amo a hacer la mitad del camino a oscuras. Más tarde me hizo meter dos pulgadas de vela en el hueco que había quedado practicado, después de lo cual fingí que me caía, apagué la vela, e hice pedazos la parte de estaño. Finalmente se vio obligado a emplear los servicios de un farolero, para dejar de despilfarrar.

Hay que lamentar que los caballeros de nuestro oficio sólo tengamos dos manos para retirar del comedor fuentes, platos, botellas y cosas semejantes durante las comidas; y la desgracia es aún mayor porque es necesaria una de esas manos para abrir la puerta mientras la carga te estorba. Por eso recomiendo que la puerta se deje siempre entreabierta, para abrirla con el pie, y así podrás salir con platos y fuentes del vientre a la barbilla, amén de gran cantidad de cosas bajo los brazos, lo que te evitará más de un cansino paseo; pero cuídate de que la carga no caiga hasta que hayas salido de la habitación y, si es posible, hasta que no se te pueda oír.

Si te envían a la oficina de correos con una carta en una noche fría y lluviosa, entra en la taberna y bebe una jarra de cerveza hasta que se suponga que has terminado el recado; pero no dejes pasar la siguiente oportunidad de franquear la carta con esmero, como debe hacer todo sirviente honrado.

Si te ordenan hacer café para las damas después de la cena, y la cacerola se desborda mientras corres al piso principal a buscar una cuchara para removerlo, o estás pensando en otra cosa, o intentando hurtarle un beso a la doncella, limpia los lados de la cacerola con un trapo para los platos, sirve el café con arrojo, y, cuando tu señora lo juzgue demasiado flojo, y te interrogue para saber si se ha derramado, niégalo en redondo, jura que has puesto más café de lo normal, que no te has alejado de él ni una pulgada, que te has esmerado en hacerlo mejor que de costumbre porque tu señora tenía invitadas, que los sirvientes de la cocina ratificarán lo que dices. Ante esto, verás cómo las otras damas dictaminan que tu café es excelente, y tu señora confesará que tiene el paladar estragado: en lo venidero no se fiará de sí misma, y tendrá más cuidado al encontrar faltas. Te insto a que hagas esto por una cuestión de principios, pues el café es muy poco saludable y, por afecto hacia tu señora, debes dárselo lo menos fuerte posible; y, siguiendo este razonamiento, cuando quieras regalar a alguna de las doncellas un cuenco de café recién hecho, puedes hacerlo. Debes quedarte con un tercio de lo molido para salvaguardar la salud de tu señora, y granjearte la simpatía de sus doncellas.

Si tu amo te manda llevar una chuchería a alguno de sus amigos, cuídala como si se tratase de un anillo de diamantes. Por eso, aunque el regalo sólo sea media docena de camuesas, ordena al sirviente que ha recibido el recado que diga que te han ordenado que las entregues con tus propias manos. Eso demostrará tu precisión y cuidado para evitar accidentes o errores, y el caballero o la dama tendrán que darte por lo menos un chelín. Y, cuando tu amo reciba un regalo semejante, indica al mensajero que lo trae que haga lo mismo, y haz insinuaciones a tu amo que despierten su generosidad, pues los sirvientes y compañeros deben ayudarse, dado que todo es para honrar a tu amo, que es la cuestión principal que todo buen sirviente debe considerar, y de la que él es el mejor juez.

Cuando sólo te alejes unos portales para chismorrear con una criada, o a beber una rápida jarra de cerveza, o a ver cómo ahorcan a otro lacayo, deja abierta la puerta de la calle para que no tengas que llamar y tu amo descubra que has salido, pues un cuarto de hora no supone un perjuicio en el servicio que prestas.

Cuando retires los mendrugos de pan sobrantes después de la comida, ponlos en platos sucios y machácalos con otros platos por encima, para que nadie los toque; serán una buena propina en forma de comida para el golfillo callejero.

Cuando te veas obligado a limpiar los zapatos de tu amo con tus propias manos, utiliza el filo del cuchillo de cocina más afilado, y sécalos colocando la punta a una pulgada del fuego, pues los zapatos mojados resultan peligrosos y, además, gracias a este ardid lo conseguirás antes.

En algunas familias el amo suele mandar a la taberna a buscar una botella de vino, y tú eres el recadero. Te recomiendo, por tanto, que cojas la botella más pequeña que encuentres. No obstante, pide al tabernero que te dé un cuarto de galón, y así tendrás un buen trago y la botella quedará llena. En cuanto al corcho para cerrarla, no debes molestarte, pues el pulgar puede cumplirla misma función, o un trozo de papel sucio y mascado.

En todas las disputas con cocheros y porteadores que piden demasiado, cuando tu amo te mande a la calle a negociar con ellos, compadécete de los pobres hombres, y dile a tu amo que no aceptan ni un cuarto de penique menos de lo acordado; te conviene más conseguir un trago de una jarra de cerveza que ahorrarle un chelín a tu amo, para quien eso supone una nadería.

Cuando estés al servicio de tu señora en una noche oscura, si emplea su coche, no camines al lado, pues así te cansarías y te ensuciarías: sube al lugar que te corresponde en la parte posterior, y sostén el farol inclinándolo hacia el techo del coche; cuando haya que apagarlo, déjalo chocar con las esquinas.

Cuando dejes a tu señora en la iglesia los domingos, dispones de dos horas tranquilas con tus compañeros en la taberna, o con un filete de ternera y una jarra de cerveza en casa, junto a la cocinera y las criadas; y vive Dios que los pobres sirvientes tienen tan pocas ocasiones de ser dichosos que no deben desaprovechar ninguna.

Nunca lleves calzas cuando sirvas en las comidas, tanto por tu propia salud como por la de aquellos que están en la mesa, porque no sólo a casi todas las damas les gusta el olor de los pies de los hombres jóvenes, sino que además es un remedio espléndido para los vapores.

Si puedes, elige servir en la casa cuya librea tenga los colores menos estridentes y reconocibles: el verde y el amarillo revelan de inmediato tu ocupación, así como cualquier clase de encaje, excepto el de plata, del que casi nunca dispones, a no ser que vivas con un duque o un hijo pródigo que acaba de heredar. Los colores que debes procurarte son el azul o el ocre combinados con rojo, los cuales, junto a una espada prestada, las camisas de tu amo, y una confianza natural bien empleada, te darán el título que gustes allá donde no seas conocido.

Cuando retires de la mesa platos u otras cosas durante las comidas, llénate las manos todo lo que puedas, porque, aunque a veces derrames y a veces tires cosas, al cabo del año verás que has obrado con gran diligencia y que has ahorrado mucho tiempo.

Si tu amo o señora pasea por la calle, colócate a un lado y, en la medida de lo posible, a su misma altura, lo que hará pensar a la gente que os observa que no estás a su servicio, o que eres una de sus amistades; pero si uno u otra se dan la vuelta y te dirigen la palabra, y te ves obligado a quitarte el sombrero, hazlo sólo con dos dedos, y ráscate la cabeza con los demás.

En invierno, enciende la chimenea del comedor sólo dos minutos antes de que sirvan la cena, para que tu amo advierta qué poca leña gastas.

Cuando te ordenen avivar el fuego, limpia la ceniza de las barras con el cepillo de la chimenea.

Cuando te manden llamar a un carruaje, aunque sea medianoche, quédate en la puerta, para no ausentarte si te necesitan; no te muevas de ahí y aúlla: «Coche, coche», durante media hora.

Aunque vosotros, caballeros con librea, sufrís la desdicha de ser tratados vilmente por toda la humanidad, a veces os las arregláis para no perder el ánimo, y a veces obtenéis una fortuna considerable. Yo me hice amigo íntimo de uno de nuestros hermanos que era lacayo de una dama de la corte. Ésta tenía una ocupación reputada, era hermana de un conde, y viuda de un hombre importante. Ella vislumbró tanta cortesía en mi amigo, esa elegancia con la que él tropezaba delante de su palanquín y se metía el cabello debajo del sombrero, que se le insinuó en repetidas ocasiones, y un día, mientras tomaba el aire en su coche con Tom en la parte de atrás, el cochero se perdió y paró en una capilla privilegiada, donde la pareja contrajo matrimonio, y Tom volvió a casa en el carruaje, al lado de su señora. Pero, desafortunadamente, él la enseñó a beber coñac, de lo que ella murió después de haber empeñado toda su vajilla para adquirirlo, y Tom trabaja ahora como jornalero, fabricando malta.

Boucher, el famoso tahúr, era otro de nuestra hermandad, y cuando tenía cincuenta mil libras apremió al duque de B*** a que le pagase un retraso del salario cuando estaba a su servicio; y podría dar muchos más ejemplos, en especial el de otro, cuyo hijo ocupaba uno de los puestos preeminentes en la corte, pero bastará darte el siguiente consejo: sé descarado e insolente con todo el mundo, sobre todo con el capellán, el ama de llaves y el rango superior de sirvientes en la casa de una persona de importancia, y no des importancia a una patada o un bastonazo de tanto en tanto, pues tu insolencia acabará dando sus frutos, y, por vestir una librea, seguramente acabarás luciendo un par de enseñas.

Cuando estés sirviendo detrás de una silla durante las comidas, menea el respaldo sin cesar, para que la persona que está delante de ti sepa que estás listo para atenderla.

Cuando lleves un paquete de platos de porcelana, si por casualidad se caen, desgracia que no es infrecuente, tu excusa debe ser que te has chocado con un perro en el vestíbulo; que la doncella ha abierto la puerta delante de ti por accidente; que había una escoba en la entrada y que has tropezado con ella; que se te ha enganchado la manga en el pomo o la cerradura de la puerta.

Cuando tu amo y tu señora estén departiendo en su alcoba, y albergues alguna sospecha de que lo que dicen te afecta a ti o a tus compañeros, escucha detrás de la puerta por el bien común de todos los sirvientes, y reúnelos a todos con el fin de acometer las medidas necesarias para impedir cualquier novedad que pueda resultar perniciosa a la comunidad.

No te vanaglories de la prosperidad. Has oído que la fortuna gira en una rueda; si tienes una buena posición, estás en la parte superior de la rueda. No olvides todas las veces en que te has visto despojado de tus ropas y en que te han echado a la calle; tu salario estaba comprometido y gastado de antemano en zapatos importados con tacones rojos, peluquines de segunda mano y volantes de encaje remendados, amén de en una deuda atroz con la tabernera y la bodega. El tabernero de al lado, que antes te invitaba a un sabroso trozo de morro de buey por las mañanas, te lo daba gratis, y sólo te cobraba la bebida, inmediatamente después de que te echaran vergonzosamente pidió a tu amo que le pagara con tu salario, del que no quedaba ni un cuarto de penique, y después te persiguió acompañado de alguaciles por todas esas oscuras bodegas. No olvides lo pronto que te viste envuelto en harapos, con la ropa raída y de mal en peor; que te viste obligado a pedir prestada una vieja librea para estar presentable mientras buscabas una ocupación, y a colarte en las casas de viejos conocidos para que te diesen subrepticiamente un bocado con que mantenerte en pie; no olvides cuando, en todos los aspectos, ocupabas el escalafón más bajo de la vida, que, como dice la vieja balada, es el de un criaducho expulsado. Insisto en que no lo olvides ahora, en tu floreciente estado. Paga religiosamente tus contribuciones a tus antiguos compañeros, los cadetes, solos en el ancho mundo; toma a uno de ellos como ayudante, para entregar los mensajes de tu señora cuando tú quieras ir a la taberna; escúrrele en secreto, de vez en cuando, una rebanada de pan y un trozo de carne fría — tu amo puede permitírselo—; y, si no se aloja ya en la casa, déjale dormir en el establo o en la cochera, o debajo de las escaleras traseras, y recomiéndalo a todos los caballeros que frecuentan tu casa como un excelente sirviente.

Envejecer desempeñando el oficio de lacayo es la mayor de las vergüenzas; por tanto, cuando veas que los años pasan sin posibilidades de un empleo en la corte, un puesto de mando en el ejército, un ascenso como administrador, un trabajo en la Hacienda (y estos dos últimos no puedes conseguirlos sin saber leer y escribir), o de escaparte con la sobrina o la hija de tu amo, te recomiendo directamente que te conviertas en salteador de caminos, que es el único puesto de honor que te queda. Ahí conocerás a muchos de tus antiguos camaradas, y vivirás una vida corta y feliz, de la que saldrás con todos los honores, para lo que te voy a dar ciertas instrucciones.

El último consejo que voy a brindarte se refiere a tu actitud cuando vayan a colgarte, cosa que, bien por robar a tu amo, por allanamiento de morada, por ser bandolero, o, en una pelea de borrachos, por matar al primer hombre con quien te encuentres, será probablemente tu destino, y se debe a uno de estos tres atributos: el amor al jolgorio, un talante generoso, o un ánimo demasiado vivaz. Tu buena actitud en este punto afectará a toda tu comunidad. En tu juicio, niega el hecho con solemnes imprecaciones; cien compañeros tuyos, si logran ser admitidos, asistirán al juicio y estarán dispuestos, cuando se les pregunte, a relatar tu buen carácter ante el tribunal. Que nada te empuje a confesar, excepto una promesa de perdón a cambio de descubrir a tus compinches. No obstante, supongo que todo esto será en vano, porque, si escapas ahora, correrás la misma suerte en algún otro momento. Que el mejor escritor de Newgate te redacte un discurso; algunas de tus amables criadas te llevarán una camisa de holanda y un bonito gorro coronado por un lazo negro o carmesí. Despídete alegremente de todos tus amigos de Newgate, sube con valor al carro, arrodíllate, alza la vista, lleva un libro en la mano aunque no sepas leer ni una palabra, niega el acto en la horca, besa y perdona al verdugo, y adiós. Te enterrarán con toda pompa, y lo pagarán tus compañeros; el cirujano no tocará una sola de tus extremidades, y tu fama perdurará hasta que un sucesor de igual fama ocupe tu lugar.

INSTRUCCIONES AL COCHERO

No estás obligado absolutamente a nada más que a sentarte en el pescante y llevar a tu amo o señora.

Entrena a tus caballos para que, cuando esperes a tu señora en una visita, aguarden mientras tú te metes en una taberna de las proximidades para beber una jarra con un amigo.

Cuando no tengas ganas de llevar el coche, di a tu amo que los caballos están resfriados, que hay que ponerles herraduras, que la lluvia los perjudica y les endurece el pelaje y pudre el arnés. Esto también puede aplicarse al lacayo.

Si tu amo come con un amigo en el campo, bebe todo lo que puedas, porque es bien sabido que un buen cochero nunca conduce mejor que cuando está bebido, y después muestra tu pericia conduciendo el coche a una pulgada de un precipicio, y afirma que nunca conduces tan bien como cuando estás borracho.

Si te encuentras con un caballero que se encapricha de uno de tus caballos y que está dispuesto a darte cierta cantidad además del precio, convence a tu amo para que lo venda, porque es tan agresivo que no eres capaz de conducirlo, y, para rematarlo, camina dando traspiés.

Que un golfillo callejero vigile tu coche los domingos en la puerta de la iglesia, para que tú y los demás cocheros podáis solazaros juntos en la taberna, mientras tu amo y tu señora están en la iglesia.

Procura que tus ruedas sean buenas, y haz que te compren un juego nuevo con la mayor frecuencia posible, tanto si te dan el viejo de propina como si no. En un caso, obtendrás un legítimo beneficio, y el otro será un justo castigo a la avaricia de tu amo, y probablemente el fabricante de coches también te entregará una pequeña cantidad.

INSTRUCCIONES AL MOZO DE CUADRA

Tú eres el sirviente de quien depende por completo el honor de tu amo en los viajes: tus hombros son su único apoyo. Si viaja por el campo y se hospeda en una posada, cada copita de coñac, cada jarra de espléndida cerveza que bebes eleva su figura, y, por tanto, debes tener en gran estima su reputación, y espero que no escatimes en una cosa ni en la otra. El herrero, el ayudante del talabartero, el cocinero de la posada, el palafrenero y el limpiabotas de la posada deben disfrutar, gracias a ti, de la generosidad de tu amo; así, su fama se extenderá de condado en condado, y ¿qué es un galón de cerveza o una pinta de coñac para el bolsillo de Su Señoría? Y, si es de aquellos que valoran menos su prestigio que su bolsa, tus desvelos por el primero deben ser aún mayores. Su caballo necesita herraduras; el tuyo, clavos; su ración de avena y grano es mayor de lo que requería el viaje; un tercio de los gastos pueden reducirse y convertirse en cerveza o coñac, y así su honor se verá protegido gracias a tu prudencia, y con un ahorro para él; o, si no viaja con otro criado, el asunto se puede resolver fácilmente en la cuenta entre el tabernero y tú.

Por ello, en cuanto os detengáis en una posada, entrega los caballos al encargado de la cuadra, y deja que los lleve al galope al estanque más cercano;

a continuación pide una jarra de cerveza, pues resulta enteramente apropiado que un cristiano beba antes que una bestia. Deja a tu amo al cuidado de los sirvientes de la posada, y tus caballos, al de los de los establos; de ese modo, tanto él como ellos quedarán en las mejores manos. Pero debes ocuparte de ti mismo: cena, bebe en abundancia y acuéstate sin molestar a tu amo, que está en mejores manos que las tuyas. El palafrenero es un hombre honrado, ama profundamente a los caballos, y por nada del mundo perjudicaría a esas necias bestias. Sé atento con tu amo, y ordena a los sirvientes que no lo despierten demasiado temprano. Desayuna antes de que se levante, para que no tenga que esperarte; pide al palafrenero que le diga que los caminos son excelentes y la distancia corta, pero que le recomiende que demore su partida hasta que escampe, pues teme que va a llover, y llegará a tiempo si sale después de la comida.

Que tu amo monte antes que tú, por una cuestión de modales. Mientras abandona la posada, habla favorablemente del palafrenero, de lo bien que ha cuidado las monturas; y añade que nunca has visto sirvientes más solícitos. Que tu amo avance por delante de ti, y tú no salgas hasta que el posadero te sirva una copita; después, parte al galope tras él, atravesando la ciudad o el pueblo a toda velocidad, por si acaso te necesita, y para mostrar tu maestría como jinete.

Si sabes cuidar a los caballos, como todo buen mozo de cuadra debe saber, obtén vino dulce, coñac o cerveza fuerte para dar friegas en los talones de tu caballo todas las noches, y no lo escatimes, pues (si llegas a emplearlo), de lo que quede sabrás cómo dar buena cuenta.

Ten en consideración la salud de tu amo, y, en lugar de permitir que haga viajes largos, di que las monturas están débiles y famélicas de tanto cabalgar; háblale de una excelente posada cinco millas antes de su pretendido destino, o afloja una de las herraduras delanteras de su caballo por la mañana, o apáñatelas para que la silla apriete a la bestia en la cruz, o prívale de grano toda la noche y toda la mañana, para que se canse durante el camino, o introduce una fina plancha de hierro entre la pezuña y la herradura para hacer que se detenga, y todo esto en absoluta atención a tu amo.

Cuando vayas a ser contratado, y el caballero te pregunte si sueles emborracharte, admite sin ambages que no le haces ascos a una buena jarra de cerveza, pero que tienes por norma, sobrio o ebrio, no descuidar nunca tus caballos.

Cuando tu amo quiera montar para tomar el aire, o por placer, si por uno de tus asuntos privados no te conviene servirle, dale a entender que hay que sangrar o purgar los caballos; que su propia montura está agotada, o que hay que rellenar su silla y que han llevado a arreglar su brida. Esto lo puedes hacer con toda sinceridad, pues no supondrá un perjuicio para los caballos o para tu amo, y, al mismo tiempo, denota los grandes cuidados que profesas a las pobres y necias criaturas.

Si hay una posada particular en la ciudad a la que os dirigís, en la que conoces bien al palafrenero o al tabernero y a las gentes del establecimiento, sácale pegas a las otras, y recomienda a vuestro amo ir a ésta; probablemente sacarás una jarra y un par de copitas, y honrarás a tu amo.

Si tu amo te manda comprar heno, acércate a aquellos que sean más pródigos contigo, pues, como el servicio no es una herencia, no debes dejar escapar ninguna legítima y acostumbrada propina. Si tu amo lo compra personalmente, comete una ofensa contra ti, y, para que aprenda su obligación, asegúrate de encontrarle defectos al heno mientras dure; si éste resulta beneficioso para los caballos, la culpa es tuya.

El heno y la avena, manejados por un mozo hábil, dan lugar a una cerveza y a un coñac excelentes, pero esto es una mera sugerencia.

Cuando tu amo vaya a cenar o pase la noche en casa de un caballero en el campo, aunque no haya mozo de cuadra, o aunque no esté presente, o aunque no se ocupen mucho de los caballos, utiliza a uno de los sirvientes para que sostenga el caballo cuando tu amo monte en él. Te insto a que hagas esto cuando tu amo se detiene sólo para una visita de unos cuantos minutos, pues los sirvientes y compañeros deben siempre ser cordiales entre ellos, y esto también afecta al honor de tu amo porque no puede dejar de dar una moneda a quien le sostiene el caballo.

En los viajes largos, pide permiso a tu amo para dar cerveza a los rocines; lleva dos cuartos de galón al establo, vierte media pinta en un cuenco y, si no quieren beberla, el palafrenero y tú debéis esforzaros en hacerlo. Quizá estén de mejor humor en la siguiente posada, pues te recomiendo que nunca olvides llevar a cabo el experimento.

Cuando saques los caballos al parque o al campo a que les dé el aire, dáselos a un ayudante de cuadra, o a uno de los golfillos, a los que, como pesan menos que tú, se les pueden confiar las carreras con menos daño para los caballos, y pueden enseñarles a saltar setos y zanjas mientras tú bebes una cordial jarra con los otros mozos. No obstante, tú y ellos podéis hacer carreras de tanto en tanto en honor de vuestros caballos y de vuestros amos.

En casa, sé generoso con los caballos en heno y avena, y llena el comedero hasta el tope y el pesebre hasta el borde, pues no sería apropiado que te mostraras avaro, aunque quizá no tengan ganas de comer; piensa que no tienen boca para preguntar. Si el heno se tira, no supone pérdida alguna, pues les servirá de lecho y ahorrarás paja.

Cuando tu amo se marche de la casa de un caballero del campo, en la que haya pasado la noche, piensa en su honor: hazle saber cuántos sirvientes hay de ambos sexos que esperan un estipendio, e indícales que formen dos filas cuando él salga de la casa, pero ruégale que no le confíe el dinero al mayordomo, por si acaso engaña a los demás. Esto obligará a tu amo a ser más generoso, y entonces puedes aprovechar la ocasión para decirle que el señor Fulano, el último con quien viviste, siempre daba tanto a cada uno de los sirvientes de menor rango, y tanto al ama de llaves y a los demás, dando una cantidad al menos doble de lo que él tenía pensado dar. Pero no olvides contar a los sirvientes el buen servicio que les has prestado; así ganarás en amor, y tu amo en honor.

Puedes atreverte a estar borracho muchas más veces que el cochero, diga él lo que diga sobre sí mismo, porque tú sólo pones en peligro tu propio pescuezo, pues el caballo seguramente se cuidará bien y como mucho sufrirá una torcedura o un hombro dislocado.

Cuando lleves la chaqueta corta de tu amo en un viaje, envuelve la tuya con ella y átalas bien con una correa, pero da la vuelta a la de tu amo para preservar el exterior de la humedad y la suciedad; así, cuando empiece a llover, la chaqueta de tu amo estará más que lista para que se la entregues, y, si se estropea más que la tuya, para él la pérdida es menor, pues tu librea debe durar todo tu año de aprendizaje.

Cuando llegues a la posada con los caballos mojados y sucios después de cabalgar a todo correr, y muy calientes, haz que el palafrenero los meta en agua hasta el vientre y que les deje beber todo lo que quieran, pero que galopen a toda velocidad al menos una milla, para que se les seque la piel y se caliente el agua de sus vientres. El palafrenero sabe de este asunto: déjalo todo a su cargo mientras tú tomas una jarra de cerveza y un poco de coñac frente al fuego de la cocina para consuelo de tu espíritu.

Si a tu caballo se le cae una herradura, no seas descuidado: bájate y cógela, y después cabalga todo lo rápido que puedas (con la herradura en la mano, para que todos los viajeros se percaten de tus cuidados) hasta llegar al primer herrero de la carretera. Manda que se la pongan de inmediato, para que tu amo no tenga que esperarte, y para que el pobre caballo pase el menor tiempo posible sin herradura.

Cuando tu amo pase la noche en casa de un caballero, si ves que el heno y la avena son buenos, quéjate de viva voz de su ínfima calidad: así serás conocido como un sirviente solícito, y no dejes de atiborrar a los caballos con toda la avena que puedan comer mientras estéis ahí. De ese modo podrás darles menos durante varios días en las posadas, y hacer cerveza con la avena. Cuando abandonéis la casa del caballero, dile a tu amo que ese caballero era un codicioso y un avaro, que sólo te han dado de beber suero de leche y agua; así, por compasión, tu amo te dará una jarra más de cerveza en la siguiente posada. Pero, si por casualidad te emborrachas en casa de un caballero, tu amo no puede enojarse, porque no le ha costado nada, y eso debes decirle todo lo claramente que tu condición de esos momentos te permita, y hacerle saber que es por su honor y el del caballero, y para darle la bienvenida al sirviente de un amigo.

Un amo siempre debe amar a su mozo de cuadra, y ponerle una librea hermosa, y otorgarle un sombrero con encaje de plata. Cuando formes parte de su séquito, todos los honores que recibe se deben sólo a ti; si los arrieros no le apartan del camino es por la cortesía que disfruta de forma indirecta gracias al respeto que tu librea inspira.

De tanto en tanto, puedes prestar la montura de tu amo a otro sirviente, o a tu criada predilecta, para una breve excursión, o alquilarla durante un día, porque el caballo se echa a perder por falta de ejercicio, y si tu amo lo pide, o tiene intención de ver el establo, maldice al bribón del ayuda, que se ha marchado con la llave.

Cuando quieras pasar una o dos horas con tus compañeros en la taberna y necesites una excusa razonable para tu ausencia, sal por la puerta del establo o por el camino de atrás con una brida, una cincha o una estribera viejas en el bolsillo, y cuando vuelvas, entra en casa por la puerta principal con la misma brida, cincha o estribera colgadas en la mano, como si volvieras del talabartero, donde las estabas arreglando; si no te echan en falta, no pasa nada, pero si te encuentras con tu amo, tendrás una reputación de sirviente solícito. Sé que esto ha sido puesto en práctica con buen éxito.

INSTRUCCIONES AL ADMINISTRADOR DE LA CASA Y DE LAS TIERRAS

El administrador de lord Peterborough demolió su casa, vendió los materiales y cobró las reparaciones al lord. Pide dinero a los inquilinos por tu paciencia. Renueva los arrendamientos y saca provecho de ellos, y vende bosques. Presta a tu lord su propio dinero. (Gil Blas habló largo y tendido sobre este asunto, y te remito a él).

INSTRUCCIONES AL PORTERO

Si tu amo es un ministro de importancia, deja solamente entrar a su alcahuete, o a su principal adulador, o a uno de los escritores a los que paga, o al espía e informador que contrata, o a su impresor habitual, o a su abogado municipal, o a un corredor de bienes raíces, o a su inventor de nuevos fondos, o a un comerciante de títulos.

INSTRUCCIONES A LA MOZA DE CÁMARA

La naturaleza de tu empleo varía según la importancia, el orgullo o la riqueza de la dama a la que sirves, y este tratado debe poder aplicarse a toda clase de familias, de modo que me hallo ante grandes dificultades para precisar los asuntos para los que te contratan. En una familia que cuenta con una mínima fortuna, eres distinta de la criada, y teniendo eso en cuenta te doy mis instrucciones. Tu provincia particular es la cámara de tu señora, donde haces la cama y ordenas las cosas, y, si vives en el campo, te encargas de las alcobas donde se acuestan las damas que entran en la casa, cosa que produce todas las propinas que le corresponden a tu puesto. Tu amante más frecuente, según tengo entendido, es el cochero, pero si no rebasas los veinte años y eres pasablemente hermosa, cabe la posibilidad de que un lacayo se fije en ti.

Haz que tu lacayo favorito te ayude a hacer la cama de tu señora, y si servís en casa de una pareja joven, el lacayo y tú, mientras dais la vuelta a las sábanas, haréis los comentarios más ladinos del mundo, que, susurrados por doquier, entretendrán mucho a toda la familia, y se extenderán por el vecindario.

No bajes al piso principal esos necesarios recipientes para que la gente los vea; vacíalos por la ventana, por consideración hacia el prestigio de tu señora. Resulta en grado sumo indecente que los sirvientes de sexo masculino sepan que las damas elegantes requieren de esos utensilios; y no limpies el orinal, pues su olor es saludable.

Si por casualidad rompes porcelana de la repisa de la chimenea o del gabinete con el extremo de la escobilla, recoge los trozos, júntalos lo mejor que puedas, y colócalos detrás del resto, de forma que cuando tu señora los descubra, puedes decir con toda seguridad que llevan mucho tiempo rotos, antes de que tú entraras a servir en esa casa. Así, ahorrarás a tu señora muchos momentos de vergüenza.

A veces, un espejo se rompe siguiendo el mismo procedimiento mientras tú miras en otra dirección: cuando barres la estancia, el largo palo de la escoba choca con el espejo y lo deja hecho añicos. Ésta es la más profunda de las desgracias, porque es imposible ocultarla. Ese fatal accidente acaeció en una gran familia donde yo tenía el honor de servir como lacayo, y voy a referir los detalles para mostrar el ingenio de la pobre doncella ante tan súbita y horrible emergencia, cosa que quizá ayude a aguzarte la inventiva si la mala fortuna te deparara una ocasión semejante. La pobre muchacha había roto de un escobazo un gran espejo japonés de gran valor; no reflexionó sino un instante y, con prodigiosa presencia de ánimo, cerró la puerta, se introdujo en el jardín, metió una piedra de tres libras en la cámara, la colocó en la chimenea, justo debajo del espejo, y rompió un cristal de la ventana de guillotina que daba al mismo jardín; después cerró la puerta y siguió con sus asuntos. Dos horas después, la señora entró en el dormitorio, vio el espejo roto, la piedra debajo, y todo un cristal de la ventana destrozado, circunstancias a partir de las cuales dedujo, tal y como quería la doncella, que un vagabundo ocioso del vecindario, o quizá un sirviente sin empleo había, por maldad, por accidente o por descuido, tirado la piedra y causado el desaguisado. Hasta ahí todo fue bien, y la muchacha se creyó fuera de peligro, pero quiso la mala fortuna que pocas horas después llegara el clérigo de la parroquia, y la señora (naturalmente) le relató el accidente, que, como puedes suponer, la había sumido en una gran agitación. Pero el párroco, que sabía de matemáticas, después de examinarla situación del jardín, la ventana y la chimenea, no tardó en convencer a la dama de que la piedra no podía haber llegado al espejo sin describir una trayectoria con tres giros después de ser lanzada, y a la doncella, habiéndose demostrado que había barrido la habitación esa misma mañana, la interrogaron de cabo a rabo, pero ella declaró firmemente, poniendo a Dios por testigo, que no era culpable, y se ofreció a jurar sobre la Biblia, delante de Su Reverencia, que era inocente como un nonato; pero la pobre moza fue despedida, trato que considero despiadado, teniendo en cuenta su ingenio. No obstante, esto puede servirte de indicación en un caso parecido, para que elabores una historia con menos puntos flacos. Por ejemplo, puedes decir que mientras trabajabas con un cepillo o una escoba, un relámpago entró súbitamente por la ventana y casi te cegó; que oíste de inmediato el tintineo del cristal roto en la chimenea; que, en cuanto recobraste la vista, advertiste que el espejo estaba completamente hecho añicos; o puedes aducir que, al observar que el espejo tenía una fina capa de polvo, fuiste a limpiarlo con mucha suavidad, pero supones que la humedad del ambiente había disuelto la cola o la argamasa, y por eso cayó al suelo; o, en cuanto hayas hecho el desaguisado, corta los cordones que unían el espejo a la pared, y deja que se caiga al suelo, sal corriendo despavorida, díselo a tu señora, maldice al tapicero, y afirma que has escapado por los pelos de que te cayera en la cabeza. Ofrezco estos ejemplos por un deseo mío de defender a los inocentes, pues inocente ciertamente eres si no has roto el espejo a propósito, cosa que de ningún modo disculparía, si no es en respuesta a grandes provocaciones.

Embadurna de aceite las pinzas, el atizador y la pala de la chimenea hasta arriba, no sólo para impedir que se oxiden, sino también para impedir que los metomentodos gasten la leña de tu amo avivando el fuego.

Cuando tengas prisa, barre el polvo y llévalo a una esquina de la estancia, pero deja la escoba encima para que no se vea, pues eso sería una deshonra para ti.

No te laves las manos, ni te pongas un delantal limpio, hasta que hagas la cama de tu señora, por si acaso arrugas el delantal o te vuelves a ensuciar las manos.

Cuando cierres las contraventanas del dormitorio de tu señora por las noches, deja la ventana abierta para que entre el fresco y que la habitación esté despejada por la mañana.

Cuando dejes las ventanas abiertas para que entre el aire, pon unos libros u otra cosa en el alféizar, para que también se aireen.

Cuando barras el aposento de tu señora, no te detengas a recoger vestidos sucios, pañuelos, alfileres, alfileteros, cucharillas de té, lazos, zapatos o cualquier cosa que te encuentres a tu paso; llévalos con la escoba a una esquina, y ahí puedes cogerlos haciendo un fardo y ahorrar tiempo.

Hacer la cama cuando el tiempo es caluroso resulta un trabajo muy laborioso, y es posible que sudes: por eso, cuando adviertas que las gotas te caen por la frente, enjuágatelas con una esquina de la sábana, para que no se vean sobre la cama.

Cuando tu señora te mande lavar una taza de porcelana y ésta se caiga, recógela y jura que tú sólo la has rozado con la mano y que se ha roto en tres mitades; y en este caso debo decirte, así como a los demás sirvientes, que siempre debes tener una excusa; no causa ningún perjuicio a tu amo y disminuye tu falta, como en este ejemplo. No te condeno por haber roto la taza; resulta evidente que no la has roto a propósito, y se te puede romper en la mano.

A veces deseas ver un funeral, una pelea, un ahorcamiento, una boda, una alcahueta en la picota, o algo por el estilo. Cuando pasan por la calle, tú subes la ventana de guillotina súbitamente; por desgracia se queda atascada. No ha sido tu culpa: las jóvenes son curiosas por naturaleza, y no te queda más remedio que cortar el cordón e inculpar al carpintero, a no ser que no te haya visto nadie, y entonces eres tan inocente como el resto de sirvientes de la casa.

Ponte el vestido de tu señora cuando ella lo deseche; te dará importancia, no gastarás tus ropas, y seguirá luciendo igual.

Al poner una funda de almohada limpia a tu señora, abróchala con tres alfileres de gran tamaño para que no se salga por la noche.

Cuando prepares pan y mantequilla para el té, asegúrate de que todos los agujeros de las rebanadas queden llenos de mantequilla, para mantener el pan blando hasta la cena, y haz que sólo resulte visible la huella de tu dedo pulgar en un extremo de todas las rebanadas, para que se vea lo limpia que eres.

Cuando te ordenen abrir o cerrar cualquier puerta, baúl o armario, y no encuentres su llave o no puedas distinguirla en el fajo, prueba con la primera llave que quepa, y gírala con todas tus fuerzas hasta que abras la cerradura o rompas la llave, pues tu señora te juzgará necia si vuelves sin haber hecho nada.

INSTRUCCIONES A LA DONCELLA

Suelen ocurrir dos accidentes que merman las comodidades y beneficios de tu puesto: primero, la execrable costumbre adoptada por las damas de cambiar sus trajes viejos por porcelana, o de utilizarlos para tapizar butacas, o de hacer con ellos retales para pantallas, taburetes, almohadones y demás. El segundo es la invención de pequeños aparadores y baúles con llave y candado, en los que guardan el té y el azúcar, sin los cuales le resulta imposible vivir a una doncella, pues debido a esta costumbre te ves obligada a comprar azúcar moreno, y a echar agua en las hojas cuando ya han perdido todo su efecto y sabor. Soy incapaz de dar con un remedio perfecto para estas dos desgracias. En lo que se refiere a la primera, creo que debería producirse una general confederación de todos los sirvientes en todas las casas, por el bien común, para impedir la entrada a esos mercachifles de la porcelana; en lo que respecta a la segunda, la única forma de remediarlo es con una llave falsa, que es un artículo difícil y peligroso de obtener. En cuanto a lo deshonesto de procurarse una, no me cabe duda de que tu señora te provoca a hacerlo, al negarte una propina antigua y legal. Quizá la dueña de la tienda de té te dé a veces media onza, pero eso sólo será una gota en el océano, y por tanto me temo que te ves obligada, como el resto de tus hermanas, a pedir fiado y a pagarlo con tu salario hasta donde éste alcance, cosa que puedes compensar por otras vías si tu señora es generosa o si sus hijas poseen considerables fortunas.

Si vives con una gran familia y eres la ayuda de la señora es muy posible que gustes al señor, aunque no seas ni la mitad de hermosa que su esposa. En ese caso, cuídate de sacarle todo lo que puedas, y nunca le permitas tomarse la menor libertad, ni un apretón en la mano, a no ser que te ponga una guinea en ella; de manera gradual, hazle pagar de acuerdo a cada nuevo intento, doblándole la cantidad según las concesiones que permites, y siempre pugnando y amenazando con gritar o contárselo a tu señora, aunque aceptes su dinero. Cinco guineas por tocar un seno es un precio irrisorio, aunque parezca que te opones con todas tus fuerzas; pero nunca le concedas el favor último por menos de cien guineas, o un acuerdo de veinte libras al año de por vida.

En una familia así, si eres hermosa, podrás elegir entre tres amantes; el capellán, el administrador y el ayuda de tu señor. Te recomiendo que en primer lugar elijas al administrador, pero si eres joven y esperas un hijo de tu amo, debes unirte al capellán. El que menos me gusta es el ayuda de tu señor, pues suele comportarse de forma vanidosa y grosera en cuanto se quita la librea, y si deja escapar un par de distinciones o la posición de aduanero en el puerto, no le queda más remedio que convertirse en bandolero.

Debo prevenirte especialmente contra el hijo mayor de tu señor. Si eres suficientemente diestra, es muy probable que lo empujes a casarse contigo y a hacer de ti una dama, si es un simple bribón o un necio (y debe ser una cosa o la otra), pero si es lo primero, evítalo como el diablo, pues respeta menos a una madre que tu señor a su esposa, y tras diez mil promesas, lo único que sacarás de él será un vientre abultado o la gonorrea, y seguramente ambas cosas a la vez.

Cuando tu señora esté enferma y después de una pésima noche eche una cabezada por la mañana, si llega un lacayo con un mensaje preguntando por su estado, no permitas que se pierda el cumplido; zarandéala suavemente hasta que se despierte, entrega el mensaje, recoge su respuesta, y déjala dormir.

Si tienes la suerte de servir a una dama con una gran fortuna, mala administradora has de ser si no consigues quinientas o seiscientas libras al separarte de ella. No dejes de recordarle que tiene dinero suficiente para hacer feliz a cualquier hombre; que la única felicidad real se halla en el amor; que ella es libre para elegir a quien le plazca, sin seguir las directrices de los padres; que en la ciudad hay todo un mundo de caballeros apuestos, elegantes, jóvenes y gratos, que serían dichosos muriendo a sus pies; que la conversación de dos amantes es como el cielo en la tierra; que el amor, como la muerte, iguala todas las posiciones; que, si se fija en un joven de menor rango y fortuna, su casamiento con él lo convertirla en caballero; que el día anterior has visto en el Mall al alférez más apuesto y que, si tú tuvieras cuarenta mil libras, las pondrías a su disposición. Cerciórate de que todos sepan con qué dama vives, que eres su gran favorita, y que siempre atiende a tus consejos. Acude con frecuencia al parque de St. James; los hombres elegantes no tardarán en descubrirte, e intentarán introducirte una carta en la manga o en el escote. Sácatela furiosa y tírala al suelo, a no ser que vaya acompañada al menos de dos guineas, pero, en ese caso finge que no la ves, finge creer que sólo se estaba haciendo el guasón contigo. Cuando vuelvas a casa, deja la carta con descuido en el dormitorio de tu señora; ella la encuentra, se enoja; tú afirmas entre protestas que desconocías su existencia, sólo recuerdas que un caballero en el parque intentó arrancarte un beso, y que crees que fue él quien te metió la carta en la manga o en la enagua y que, además, era el hombre más gentil que jamás hubieras visto; que ella puede quemar la carta si así lo desea. Si tu señora es sabia, quemará otro papel delante de ti, y leerá la carta cuando bayas bajado al piso principal. Debes seguir esta práctica con toda la frecuencia posible sin incurrir en riesgos, pero quien mejor te pague con cada carta debe ser el hombre más apuesto. Si un lacayo intenta introducir una carta en la casa para que se la entregues a tu señora, aunque proceda de tu mejor cliente, arrójasela a la cabeza; llámale descarado sinvergüenza y villano, y dale con la puerta en las narices; corre junto a tu señora y, como prueba de tu fidelidad, cuéntale lo que has hecho.

Podría extenderme largamente sobre este tema, pero confío en tu discernimiento.

Si sirves a una señora con cierta propensión a los galanteos, deberás emplear mucha prudencia para ocuparte de ellos. Tres cosas son necesarias: en primer lugar, cómo complacer a tu señora; en segundo lugar, cómo impedir las sospechas del marido o de la familia; y, en último lugar, pero el más importante, cómo sacarles el mayor provecho. Darte instrucciones completas sobre este importante asunto requeriría un grueso volumen. Todo encuentro en la casa es peligroso, tanto para tu señora como para ti: esmérate por tanto en celebrarlos en un tercer lugar, especialmente si tu señora, como sucede habitualmente, tiene más de un amante, cada uno de los cuales es más celoso que mil maridos, y muy infaustos enfrentamientos pueden darse aun con la mejor de las organizaciones. No necesito advertirte de que emplees tus buenas artes principalmente en favor de aquellos que se muestran más pródigos; no obstante, si tu señora se fija en un lacayo apuesto, debes tener la generosidad de permitirle el capricho, pues no es cosa singular, sino un apetito muy natural. No deja de ser la menos arriesgada de todas las intrigas domésticas, y la que menos sospechas despertaba antaño, hasta que recientemente se ha vuelto más habitual. El gran peligro de estas familias de señores, que venden mala mercancía en demasiadas ocasiones, es que pueden no tener una situación desahogada, y en ese caso tu señora y tú os veréis en aprietos, aunque no desesperadas.

No obstante, por decir la verdad, confieso que es una gran osadía por mi parte brindarte instrucciones de conducta para los amoríos de tu señora, cuando tú y todas tus hermanas sois ya tan expertas y profundamente doctas, aunque todo eso sea mucho más difícil de saber que la ayuda que mis hermanos los lacayos prestan a sus amos en situaciones semejantes y, por ello, dejo este asunto para que lo trate una pluma más diestra.

Cuando guardes un vestido de seda o un gorro de encaje en un baúl o un arcón, deja un trozo fuera para que, cuando vuelvas a abrirlo, sepas dónde está.

INSTRUCCIONES A LA CRIADA

Si tu amo o señora se marchan al campo durante una semana o más, no limpies el dormitorio o el comedor hasta una hora antes de que esperes su regreso. De este modo, las estancias estarán perfectamente limpias para recibirlos, y te ahorrarás la molestia de volverlas a arreglar tan pronto.

Gran ofensa me causan las damas con tanto orgullo y desidia que no se molestan en salir al jardín para hacer aguas, pero que poseen un odioso artilugio, a veces en su propio aposento, o al menos en un oscuro armario adyacente, que utilizan para aliviar sus peores necesidades; y tú eres la habitual vaciadora del recipiente, que no sólo hace que la cámara, sino también sus ropas, resulten ofensivas para todo aquel que se aproxima. Pues bien, para curarlas de esta odiosa práctica, te recomiendo —a ti, de cuyo trabajo forma parte la retirada de este artilugio—, que lo hagas abiertamente, bajando por la escalera principal, y en presencia de los lacayos; y, si alguien llama a la puerta de entrada, ábrela mientras sostienes el recipiente lleno. Éste será el único modo de que tu señora se tome la molestia de hacer sus necesidades en el lugar indicado, para no enseñar sus inmundicias a todos los sirvientes de la casa.

Deja un cubo de agua sucia con la escoba dentro, una carbonera, una botella, un cepillo, un orinal, y otras cosas igualmente feas, en una puerta cegada o en la parte más oscura de las escaleras de atrás, para que no se vean, y si la gente se parte la espinilla al tropezar con ellas es culpa suya.

No vacíes los orinales hasta que estén casi llenos. Si eso sucede de noche, vacíalos en la calle, si de día, en el jardín, pues sería una labor interminable bajar una docena de veces del desván y las estancias superiores al jardín; pero nunca los laves con otro líquido que no sea el suyo propio, pues ¿qué muchacha limpia metería la mano en la orina de otras personas? Y, por otro lado, el olor de los orines, como he observado antes, resulta admirable para los vapores, cosa que, con suma probabilidad, padece tu señora.

Limpia las telarañas con una escoba sucia y mojada, pues así se pegarán mejor, y las bajarás con mayor eficiencia.

Cuando cepilles la chimenea del salón de los señores por la mañana, echa las cenizas de la noche anterior en un tamiz, y lo que se filtre, cuando bajes al piso inferior, hará las veces de arena para lavar la habitación y las escaleras.

Cuando hayas limpiado el latón y el hierro de la chimenea del salón privado, deja el paño húmedo y sucio en la silla más cercana, para que tu señora vea que no has descuidado tus labores. Observa la misma regla cuando limpies las cerraduras de latón, pero añadiéndole algo: deja las huellas de tus dedos en las puertas, para mostrar que no lo has olvidado.

Deja el orinal de tu señora en la ventana de la alcoba todo el día, para que se airee.

Sube únicamente los troncos grandes al comedor y al dormitorio de tu señora; dan el mejor fuego, y si los encuentras demasiado grandes, es fácil romperlos en la chimenea de mármol.

Cuando te acuestes no olvides ocuparte del fuego: apaga la vela de un soplido y métela debajo de tu cama. Nota: El olor de la mecha es muy bueno para los vapores.

Convence al lacayo que te ha dejado encinta para que se case contigo antes de que cumplas seis meses en estado, y si tu señora te pregunta por qué aceptas a un hombre que no vale ni cuatro peniques, responde que el servicio no es una herencia.

Cuando la cama de tu señora esté hecha, mete el orinal debajo de ella, pero de modo que al mismo tiempo eches la cenefa hacia atrás, para que esté listo y se pueda ver cuando tu señora tenga necesidad de utilizarlo.

Encierra un gato o un perro en una habitación o un armario, para que causen un estruendo en toda la casa y ahuyenten a los ladrones, si alguno intenta irrumpir o adentrarse en la casa.

Cuando limpies una de las habitaciones que dan a la calle por la noche, tira el agua sucia por la ventana de la calle, pero cerciórate de no mirar delante de ti, no vaya a ser que aquellos sobre los que cae el agua te crean maleducada y que lo has hecho a propósito. Si el que lo padece rompe una ventana como venganza, y tu señora te reprende y te ordena tajantemente que bajes el cubo y lo vacíes en el fregadero, cuentas con una fácil solución. Al limpiar una de las habitaciones del piso superior, baja el cubo de forma que el agua gotee por las escaleras hasta la cocina, y así no sólo será menor tu carga, sino que convencerás a tu señora de que es mejor tirar el agua por las ventanas o por los escalones de la puerta de entrada. Además, esta última costumbre será muy divertida para ti y para la familia en las noches de helada, cuando veáis a cientos de personas cayendo de bruces o de espaldas en vuestra puerta al congelarse el agua.

Frota y saca brillo a las chimeneas y a las repisas con un paño mojado con aceite; es lo que más las hace brillar, y son las damas quienes deben cuidar de sus enaguas.

Si tu señora es tan bondadosa que quiere que limpies la habitación con asperón, asegúrate de hacer hendiduras de seis pulgadas con la piedra en la parte inferior de los paneles de la pared, para que tu señora vea que obedeces sus órdenes.

INSTRUCCIONES A LA LECHERA

Hacer mantequilla es muy fatigoso; pon agua hirviendo en la mantequera, aunque sea verano, y haz la mantequilla cerca del fuego de la cocina, con crema de una semana. Guarda la crema para tu enamorado.

INSTRUCCIONES AL AYA

Si el niño está enfermo, dale lo que quiera comer o beber, aunque el médico lo haya prohibido expresamente, pues aquello que anhelamos en la enfermedad nos hace bien, y tira la medicina por la ventana: el niño te querrá más, pero ínstale a que no lo cuente. Haz lo mismo con tu señora si desea algo cuando está enferma, y prométele que le sentará bien.

Si tu señora entra en la habitación de los niños y propone dar unos azotes a uno de ellos, arráncaselo enfurecida y dile que es la madre más cruel que jamás hayas visto. Ella te regañará, pero te querrá más. Cuenta a los niños historias de fantasmas cuando vayan a llorar, etcétera.

Encárgate de destetar a los niños, etcétera.

INSTRUCCIONES AL AMA DE CRÍA

Si el niño se te cae y lo dejas lisiado, no lo confieses de ninguna manera; y si muere no corres peligro.

Esfuérzate por quedar encinta lo antes posible mientras das el pecho, para estar lista para otro servicio cuando el niño que amamantas muera o le desteten.

INSTRUCCIONES A LA LAVANDERA

Si quemas la ropa con la plancha, frota ese sitio con harina, piedra caliza o tiza, y si no sirve de nada, lávala hasta que no se vea o quede hecha harapos. Lava siempre tu ropa primero.

Sobre desgarrar la ropa al lavarla.

Cuando la ropa esté colgada en la cuerda o en un seto y llueva, recógela de un tirón aunque la desgarres, etcétera. Pero el lugar para colgarla son los jóvenes árboles frutales, especialmente cuando están en flor: la ropa no se rasga, y los árboles le confieren un agradable olor.

INSTRUCCIONES AL AMA DE LLAVES

Siempre debes tener un lacayo favorito en quien poder confiar, para ordenarle que esté muy vigilante cuando retiren el segundo plato y que te lo lleve a tu despacho sin correr riesgos, para que el administrador y tú podáis comer un bocado juntos.

INSTRUCCIONES A LA TUTORA O INSTITUTRIZ

Di que a los niños les pican los ojos, que la señorita Betty no se concentra en su libro, etcétera.

Haz que las señoritas lean novelas inglesas y francesas y libros de caballerías franceses, y todas las comedias escritas en los reinados de Carlos II y del rey Guillermo, para dulcificar su naturaleza y hacerlas compasivas, etcétera.